MIGUEL DE CERVANTES SAAVEDRA

LA ILUSTRE FREGONA

BARCELONA **2012**
WWW.LINKGUA-DIGITAL.COM

CRÉDITOS

Título original: La ilustre fregona.

© 2012, Red ediciones S.L.

e-mail: info@red-ediciones.com

Diseño de cubierta: Mario Eskenazi

ISBN rústica: 978-84-96428-03-4.
ISBN ebook: 978-84-9953-225-7.

El diseño de este libro se inspira en *Die neue Typographie*, de Jan Tschichold, que ha marcado un hito en la edición moderna.

SUMARIO

PRESENTACIÓN

La vida
Miguel de Cervantes Saavedra (Alcalá de Henares, 1547-Madrid, 1616). España.

Hijo de Rodrigo Cervantes, cirujano, y Leonor de Cortina. Se sabe muy poco de su infancia y adolescencia. Era el cuarto hijo entre siete. Las primeras noticias que se tienen de Cervantes son de su etapa de estudiante, en Madrid.

A los veintidós años se fue a Italia, para acompañar al cardenal Acquaviva. En 1571 participó en la batalla de Lepanto, donde sufrió heridas en el pecho y la mano izquierda. Aunque su brazo quedó inutilizado, combatió después en Corfú, Ambarino y Túnez.

En 1584 se casó con Catalina de Palacios, no fue un matrimonio afortunado. Tres años más tarde, en 1587, se trasladó a Sevilla y fue comisario de abastos. En esa ciudad sufrió cárcel varias veces por sus problemas económicos. Hacia 1603 o 1604 se fue a Valladolid, allí también fue a prisión, esta vez acusado de un asesinato. Desde 1606, tras la publicación del Quijote, fue reconocido como un escritor famoso y vivió en Madrid.

La ilustre fregona es un relato de enredos con final sorprendente.

LA ILUSTRE FREGONA

En Burgos, ciudad ilustre y famosa, no ha muchos años que en ella vivían dos caballeros principales y ricos: el uno se llamaba don Diego de Carriazo y el otro don Juan de Avendaño. El don Diego tuvo un hijo, a quien llamó de su mismo nombre, y el don Juan otro, a quien puso don Tomás de Avendaño. A estos dos caballeros mozos, como quien han de ser las principales personas deste cuento, por excusar y ahorrar letras, les llamaremos con solos los nombres de Carriazo y de Avendaño.

Trece años, o poco más, tendría Carriazo cuando, llevado de una inclinación picaresca, sin forzarle a ello algún mal tratamiento que sus padres le hiciesen, sólo por su gusto y antojo, se desgarró, como dicen los muchachos, de casa de sus padres, y se fue por ese mundo adelante, tan contento de la vida libre, que, en la mitad de las incomodidades y miserias que trae consigo, no echaba menos la abundancia de la casa de su padre, ni el andar a pie le cansaba, ni el frío le ofendía, ni el calor le enfadaba. Para él todos los tiempos del año le eran dulce y templada primavera; tan bien dormía en parvas como en colchones; con tanto gusto se soterraba en un pajar de un mesón, como si se acostara entre dos sábanas de holanda. Finalmente, él salió tan bien con el asunto de pícaro, que pudiera leer cátedra en la facultad al famoso de Alfarache.

En tres años que tardó en parecer y volver a su casa, aprendió a jugar a la taba en Madrid, y al rentoy en las Ventillas de Toledo, y a presa y pinta en pie en las barbacanas de Sevilla; pero, con serle anejo a este género de vida la miseria y estrecheza, mostraba Carriazo ser un príncipe en sus cosas: a tiro de escopeta, en mil señales, descubría ser bien nacido, porque era generoso y bien partido con sus camaradas. Visitaba pocas veces las ermitas de Baco, y, aunque bebía vino, era tan poco que nunca pudo entrar en el número de los que llaman desgraciados, que, con alguna cosa que beban demasiada, luego se les pone el rostro como si se le hubiesen jalbegado con bermellón y almagre. En fin, en Carriazo vio el mundo un pícaro virtuoso, limpio, bien criado y más que medianamente discreto. Pasó por todos los grados de pícaro hasta que se graduó de maestro en las almadrabas de Zahara, donde es el finibusterrae de la picaresca.

¡Oh pícaros de cocina, sucios, gordos y lucios; pobres fingidos, tullidos falsos, cicateruelos de Zocodover y de la plaza de Madrid, vistosos oracioneros, esportilleros de Sevilla, mandilejos de la hampa, con toda la caterva inumerable que se encierra debajo deste nombre pícaro!, bajad el toldo, amainad el brío, no os llaméis pícaros si no habéis cursado dos cursos en la academia de la pesca de los atunes. ¡Allí, allí, que está en su centro el trabajo junto con la poltronería! Allí está la suciedad limpia, la gordura rolliza, la hambre pronta, la hartura abundante, sin disfraz el vicio, el juego siempre, las pendencias por momentos, las muertes por puntos, las pullas a cada paso, los bailes como en bodas, las seguidillas como en estampa, los romances con estribos, la poesía sin acciones. Aquí se canta, allí se reniega, acullá se riñe, acá se juega, y por todo se hurta. Allí campea la libertad y luce el trabajo; allí van o envían muchos padres principales a buscar a sus hijos y los hallan; y tanto sienten sacarlos de aquella vida como si los llevaran a dar la muerte.

Pero toda esta dulzura que he pintado tiene un amargo acíbar que la amarga, y es no poder dormir sueño seguro, sin el temor de que en un instante los trasladan de Zahara a Berbería. Por esto, las noches se recogen a unas torres de la marina, y tienen sus atajadores y centinelas, en confianza de cuyos ojos cierran ellos los suyos, puesto que tal vez ha sucedido que centinelas y atajadores, pícaros, mayorales, barcos y redes, con toda la turbamulta que allí se ocupa, han anochecido en España y amanecido en Tetuán. Pero no fue parte este temor para que nuestro Carriazo dejase de acudir allí tres veranos a darse buen tiempo. El último verano le dijo tan bien la suerte, que ganó a los naipes cerca de 700 reales, con los cuales quiso vestirse y volverse a Burgos, y a los ojos de su madre, que habían derramado por él muchas lágrimas. Despidióse de sus amigos, que los tenía muchos y muy buenos; prometióles que el verano siguiente sería con ellos, si enfermedad o muerte no lo estorbase. Dejó con ellos la mitad de su alma, y todos sus deseos entregó a aquellas secas arenas, que a él le parecían más frescas y verdes que los Campos Elíseos. Y, por estar ya acostumbrado de caminar a pie, tomó el camino en la mano, y sobre dos alpargates, se llegó desde Zahara hasta Valladolid cantando Tres ánades, madre.

Estúvose allí quince días para reformar la color del rostro, sacándola de mulata a flamenca, y para trastejarse y sacarse del borrador de pícaro y ponerse en limpio de caballero. Todo esto hizo según y como le dieron comodidad 500 reales con que llegó a Valladolid; y aun dellos reservó 100 para alquilar una mula y un mozo, con que se presentó a sus padres honrado y contento. Ellos le recibieron con mucha alegría, y todos sus amigos y parientes vinieron a darles el parabién de la buena venida del señor don Diego de Carriazo, su hijo. Es de advertir que, en su peregrinación, don Diego mudó el nombre de Carriazo en el de Urdiales, y con este nombre se hizo llamar de los que el suyo no sabían. Entre los que vinieron a ver el recién llegado, fueron don Juan de Avendaño y su hijo don Tomás, con quien Carriazo, por ser ambos de una misma edad y vecinos, trabó y confirmó una amistad estrechísima. Contó Carriazo a sus padres y a todos mil magníficas y luengas mentiras de cosas que le habían sucedido en los tres años de su ausencia; pero nunca tocó, ni por pienso, en las almadrabas, puesto que en ellas tenía de contino puesta la imaginación: especialmente cuando vio que se llegaba el tiempo donde había prometido a sus amigos la vuelta. Ni le entretenía la caza, en que su padre le ocupaba, ni los muchos, honestos y gustosos convites que en aquella ciudad se usan le daban gusto: todo pasatiempo le cansaba, y a todos los mayores que se le ofrecían anteponía el que había recibido en las almadrabas.

Avendaño, su amigo, viéndole muchas veces melancólico e imaginativo, fiado en su amistad, se atrevió a preguntarle la causa, y se obligó a remediarla, si pudiese y fuese menester, con su sangre misma. No quiso Carriazo tenérsela encubierta, por no hacer agravio a la grande amistad que profesaban; y así, le contó punto por punto la vida de la jábega, y cómo todas sus tristezas y pensamientos nacían del deseo que tenía de volver a ella; pintósela de modo que Avendaño, cuando le acabó de oír, antes alabó que vituperó su gusto.

En fin, el de la plática fue disponer Carriazo la voluntad de Avendaño de manera que determinó de irse con él a gozar un verano de aquella felicísima vida que le había descrito, de lo cual quedó sobremodo contento Carriazo, por parecerle que había ganado un testigo de abono que calificase su baja determinación. Trazaron, asimismo, de juntar todo el dinero que pudiesen; y el mejor modo que hallaron fue que de allí a dos meses había de ir Avendaño a Salamanca, donde por su gusto tres años había estado estudiando las lenguas griega y latina, y su padre quería que pasase adelante y estudiase la facultad que él quisiese, y que del dinero que le diese habría para lo que deseaban.

En este tiempo, propuso Carriazo a su padre que tenía voluntad de irse con Avendaño a estudiar a Salamanca. Vino su padre con tanto gusto en ello que, hablando al de Avendaño, ordenaron de ponerles juntos casa en Salamanca, con todos los requisitos que pedían ser hijos suyos.

Llegóse el tiempo de la partida; proveyéronles de dineros y enviaron con ellos un ayo que los gobernase, que tenía más de hombre de bien que de discreto. Los padres dieron documentos a sus hijos de lo que habían de hacer y de cómo se habían de gobernar para salir aprovechados en la virtud y en las ciencias, que es el fruto que todo estudiante debe pretender sacar de sus trabajos y vigilias, principalmente los bien nacidos. Mostráronse los hijos humildes y obedientes; lloraron las madres; recibieron la bendición de todos; pusiéronse en camino con mulas propias y con dos criados de casa, amén del ayo, que se había dejado crecer la barba porque diese autoridad a su cargo.

En llegando a la ciudad de Valladolid, dijeron al ayo que querían estarse en aquel lugar dos días para verle, porque nunca le habían visto ni estado en él. Reprehendiólos mucho el ayo, severa y ásperamente, la estada, diciéndoles que los que iban a estudiar con tanta prisa como ellos no se habían de detener una hora a mirar niñerías, cuanto más dos días, y que él formaría escrúpulo si los dejaba detener un solo punto, y que se partiesen luego, y si no, que sobre eso, morena.

Hasta aquí se extendía la habilidad del señor ayo, o mayordomo, como más nos diere gusto llamarle. Los mancebitos, que tenían ya hecho su agosto y su vendimia, pues habían ya robado 400 escudos de oro que llevaba su mayor, dijeron que sólo los dejase aquel día, en el cual querían ir a ver la fuente de Argales, que la comenzaban a conducir a la ciudad por grandes y espaciosos acueductos. En efecto, aunque con dolor de su ánima, les dio licencia, porque él quisiera excusar el gasto de aquella noche y hacerle en Valdeastillas, y repartir las dieciocho leguas que hay desde Valdeastillas a Salamanca en dos días, y no las veintidós que hay desde Valladolid; pero, como uno piensa el bayo y otro el que le ensilla, todo le sucedió al revés de lo que él quisiera.

Los mancebos, con solo un criado y a caballo en dos muy buenas y caseras mulas, salieron a ver la fuente de Argales, famosa por su antigüedad y sus aguas, a despecho del Caño Dorado y de la reverenda Priora, con paz sea dicho de Leganitos y de la extremadísima fuente Castellana, en cuya competencia pueden callar Corpa y la Pizarra de la Mancha. Llegaron a Argales, y cuando creyó el criado que sacaba Avendaño de las bolsas del cojín alguna cosa con qué beber, vio que sacó una carta cerrada, diciéndole que luego al punto volviese a la ciudad y se la diese a su ayo, y que en dándosela les esperase en la puerta del Campo.

Obedeció el criado, tomó la carta, volvió a la ciudad, y ellos volvieron las riendas y aquella noche durmieron en Mojados, y de allí a dos días en Madrid; y en otros cuatro se vendieron las mulas en pública plaza, y hubo quien les fiase por 6 escudos de prometido, y aun quien les diese el dinero en oro por sus cabales. Vistiéronse a lo payo, con capotillos de dos haldas, zahones o zaragüelles y medias de paño pardo. Ropero hubo que por la mañana les compró sus vestidos y a la noche los había mudado de manera que no los conociera la propia madre que los había parido. Puestos, pues, a la ligera y del modo que Avendaño quiso y supo, se pusieron en camino de Toledo ad pedem literae y sin espadas; que también el ropero, aunque no atañía a su menester, se las había comprado.

Dejémoslos ir, por ahora, pues van contentos y alegres, y volvamos a contar lo que el ayo hizo cuando abrió la carta que el criado le llevó y halló que decía desta manera:

Vuesa merced será servido, señor Pedro Alonso, de tener paciencia y dar la vuelta a Burgos, donde dirá a nuestros padres que, habiendo nosotros sus hijos, con madura consideración, considerado cuán más propias son de los caballeros las armas que las letras, habemos determinado de trocar a Salamanca por Bruselas y a España por Flandes. Los 400 escudos llevamos; las mulas pensamos vender. Nuestra hidalga intención y el largo camino es bastante disculpa de nuestro yerro, aunque nadie le juzgará por tal si no es cobarde. Nuestra partida es ahora; la vuelta será cuando Dios fuere servido, el cual guarde a vuesa merced como puede y estos sus menores discípulos deseamos.

De la fuente de Argales, puesto ya el pie en el estribo para caminar a Flandes.

Carriazo y Avendaño.

Quedó Pedro Alonso suspenso en leyendo la epístola y acudió presto a su valija, y el hallarla vacía le acabó de confirmar la verdad de la carta; y luego al punto, en la mula que le había quedado, se partió a Burgos a dar las nuevas a sus amos con toda presteza, porque con ella pusiesen remedio y diesen traza de alcanzar a sus hijos. Pero destas cosas no dice nada el autor desta novela, porque, así como dejó puesto a caballo a Pedro Alonso, volvió a contar de lo que les sucedió a Avendaño y a Carriazo a la entrada de Illescas, diciendo que al entrar de la puerta de la villa encontraron dos mozos de mulas, al parecer andaluces, en calzones de lienzo anchos, jubones acuchillados de anjeo, sus coletos de ante, dagas de ganchos y espadas sin tiros; al parecer, el uno venía de Sevilla y el otro iba a ella. El que iba estaba diciendo al otro:

—Si no fueran mis amos tan adelante, todavía me detuviera algo más a preguntarte mil cosas que deseo saber, porque me has maravillado mucho con lo que has contado de que el conde ha ahorcado a Alonso Genís y a Ribera, sin querer otorgarles la apelación.

—¡Oh pecador de mí! —replicó el sevillano—, armóles el conde zancadilla y cogiólos debajo de su jurisdicción, que eran soldados, y por contrabando se aprovechó dellos, sin que la Audiencia se los pudiese quitar. Sábete, amigo, que tiene un Bercebú en el cuerpo este conde de Puñonrostro, que nos mete los dedos de su puño en el alma. Barrida está Sevilla y diez leguas a la redonda de jácaros; no para ladrón en sus contornos. Todos le temen como al fuego, aunque ya se suena que dejará presto el cargo de asistente, porque no tiene condición para verse a cada paso en dimes ni diretes con los señores de la Audiencia.

—¡Vivan ellos mil años —dijo el que iba a Sevilla—, que son padres de los miserables y amparo de los desdichados! ¡Cuántos pobretes están mascando barro no más de por la cólera de un juez absoluto, de un corregidor, o mal informado o bien apasionado! Más ven muchos ojos que dos: no se apodera tan presto el veneno de la injusticia de muchos corazones como se apodera de uno solo.

—Predicador te has vuelto —dijo el de Sevilla—, y, según llevas la retahíla, no acabarás tan presto, y yo no te puedo aguardar; y esta noche no vayas a posar donde sueles, sino en la posada del Sevillano, porque verás en ella la más hermosa fregona que se sabe. Marinilla, la de la venta Tejada, es asco en su comparación; no te digo más sino que hay fama que el hijo del corregidor bebe los vientos por ella. Uno desos mis amos que allá van jura que, al volver que vuelva al Andalucía, se ha de estar dos meses en Toledo y en la misma posada, sólo por hartarse de mirarla. Ya le dejo yo en señal un pellizco, y me llevo en contracambio un gran torniscón. Es dura como un mármol, y zahareña como villana de Sayago, y áspera como una ortiga; pero tiene una cara de pascua y un rostro de buen año: en una mejilla tiene el Sol y en la otra la Luna; la una es hecha de rosas y la otra de claveles, y en entrambas hay también azucenas y jazmines. No te digo más, sino que la veas, y verás que no te he dicho nada, según lo que te pudiera decir, acerca de su hermosura. En las dos mulas rucias que sabes que tengo mías, la dotara de buena gana, si me la quisieran dar por mujer; pero yo sé que no me la darán, que es joya para un arcipreste o para un conde. Y otra vez torno a decir que allá lo verás. Y adiós, que me mudo.

Con esto se despidieron los dos mozos de mulas, cuya plática y conversación dejó mudos a los dos amigos que escuchado la habían, especialmente Avendaño, en quien la simple relación que el mozo de mulas había hecho de la hermosura de la fregona despertó en él un intenso deseo de verla. También le despertó en Carriazo; pero no de manera que no desease más llegar a sus almadrabas que detenerse a ver las pirámides de Egipto, u otra de las siete maravillas, o todas juntas.

En repetir las palabras de los mozos, y en remedar y contrahacer el modo y los ademanes con que las decían, entretuvieron el camino hasta Toledo; y luego, siendo la guía Carriazo, que ya otra vez había estado en aquella ciudad, bajando por la sangre de Cristo, dieron con la posada del Sevillano; pero no se atrevieron a pedirla allí, porque su traje no lo pedía.

Era ya anochecido, y, aunque Carriazo importunaba a Avendaño que fuesen a otra parte a buscar posada, no le pudo quitar de la puerta de la del Sevillano, esperando si acaso parecía la tan celebrada fregona. Entrábase la noche y la fregona no salía; desesperábase Carriazo, y Avendaño se estaba quedo; el cual, por salir con su intención, con excusa de preguntar por unos caballeros de Burgos que iban a la ciudad de Sevilla, se entró hasta el patio de la posada; y, apenas hubo entrado, cuando de una sala que en el patio estaba vio salir una moza, al parecer de quince años, poco más o menos, vestida como labradora, con una vela encendida en un candelero.

No puso Avendaño los ojos en el vestido y traje de la moza, sino en su rostro, que le parecía ver en él los que suelen pintar de los ángeles. Quedó suspenso y atónito de su hermosura, y no acertó a preguntarle nada: tal era su suspensión y embelesamiento. La moza, viendo aquel hombre delante de sí, le dijo:

—¿Qué busca, hermano? ¿Es por ventura criado de alguno de los huéspedes de casa?

—No soy criado de ninguno, sino vuestro —respondió Avendaño, todo lleno de turbación y sobresalto.

La moza, que de aquel modo se vio responder, dijo:

—Vaya, hermano, norabuena, que las que servimos no hemos menester criados.

Y, llamando a su señor, le dijo:

—Mire, señor, lo que busca este mancebo.

Salió su amo y preguntóle qué buscaba. Él respondió que a unos caballeros de Burgos que iban a Sevilla, uno de los cuales era su señor, el cual le había enviado delante por Alcalá de Henares, donde había de hacer un negocio que les importaba; y que junto con esto le mandó que se viniese a Toledo y le esperase en la posada del Sevillano, donde vendría a apearse; y que pensaba que llegaría aquella noche u otro día a más tardar. Tan buen color dio Avendaño a su mentira, que a la cuenta del huésped pasó por verdad, pues le dijo:

—Quédese, amigo, en la posada, que aquí podrá esperar a su señor hasta que venga.

—Muchas mercedes, señor huésped —respondió Avendaño—; y mande vuesa merced que se me dé un aposento para mí y un compañero que viene conmigo, que está allí fuera, que dineros traemos para pagarlo tan bien como otro.

—En buenhora —respondió el huésped.

Y, volviéndose a la moza, dijo:

—Costancica, di a Argüello que lleve a estos galanes al aposento del rincón y que les eche sábanas limpias.

—Sí haré, señor —respondió Costanza, que así se llamaba la doncella.

Y, haciendo una reverencia a su amo, se les quitó delante, cuya ausencia fue para Avendaño lo que suele ser al caminante ponerse el Sol y sobrevenir la noche lóbrega y oscura. Con todo esto, salió a dar cuenta a Carriazo de lo que había visto y de lo que dejaba negociado; el cual por mil señales conoció cómo su amigo venía herido de la amorosa pestilencia; pero no le quiso decir nada por entonces, hasta ver si lo merecía la causa de quien nacían las extraordinarias alabanzas y grandes hipérboles con que la belleza de Costanza sobre los mismos cielos levantaba.

Entraron, en fin, en la posada, y la Argüello, que era una mujer de hasta cuarenta y cinco años, superintendente de las camas y aderezo de los aposentos, los llevó a uno que ni era de caballeros ni de criados, sino de gente que podía hacer medio entre los dos extremos. Pidieron de cenar; respondióles Argüello que en aquella posada no daban de comer a nadie, puesto que guisaban y aderezaban lo que los huéspedes traían de fuera comprado; pero que bodegones y casas de estado había cerca, donde sin escrúpulo de conciencia podían ir a cenar lo que quisiesen.

Tomaron los dos el consejo de Argüello, y dieron con sus cuerpos en un bodego, donde Carriazo cenó lo que le dieron y Avendaño lo que con él llevaba: que fueron pensamientos e imaginaciones. Lo poco o nada que Avendaño comía admiraba mucho a Carriazo. Por enterarse del todo de los pensamientos de su amigo, al volverse a la posada, le dijo:

—Conviene que mañana madruguemos, porque antes que entre la calor estemos ya en Orgaz.

—No estoy en eso —respondió Avendaño—, porque pienso antes que desta ciudad me parta ver lo que dicen que hay famoso en ella, como es el Sagrario, el artificio de Juanelo, las Vistillas de San Agustín, la Huerta del Rey y la Vega.

—Norabuena —respondió Carriazo—: eso en dos días se podrá ver.

—En verdad que lo he de tomar de espacio, que no vamos a Roma a alcanzar alguna vacante.

—¡Ta, ta! —replicó Carriazo—, a mí me maten, amigo, si no estáis vos con más deseo de quedaros en Toledo que de seguir nuestra comenzada romería.

—Así es la verdad —respondió Avendaño—; y tan imposible será apartarme de ver el rostro desta doncella, como no es posible ir al cielo sin buenas obras.

—¡Gallardo encarecimiento —dijo Carriazo— y determinación digna de un tan generoso pecho como el vuestro! ¡Bien cuadra un don Tomás de Avendaño, hijo de don Juan de Avendaño (caballero, lo que es bueno; rico, lo que basta; mozo, lo que alegra; discreto, lo que admira), con enamorado y perdido por una fregona que sirve en el mesón del Sevillano!

—Lo mismo me parece a mí que es —respondió Avendaño— considerar un don Diego de Carriazo, hijo del mismo, caballero del hábito de Alcántara el padre, y el hijo a pique de heredarle con su mayorazgo, no menos gentil en el cuerpo que en el ánimo, y con todos estos generosos atributos, verle enamorado, ¿de quién, si pensáis? ¿De la reina Ginebra? No, por cierto, sino de la almadraba de Zahara, que es más fea, a lo que creo, que un miedo de santo Antón.

—¡Pata es la traviesa, amigo! —respondió Carriazo—; por los filos que te herí me has muerto; quédese aquí nuestra pendencia, y vámonos a dormir, y amanecerá Dios y medraremos.

—Mira, Carriazo, hasta ahora no has visto a Costanza; en viéndola, te doy licencia para que me digas todas las injurias o reprehensiones que quisieres.

—Ya sé yo en qué ha de parar esto —dijo Carriazo.

—¿En qué? —replicó Avendaño.

—En que yo me iré con mi almadraba, y tú te quedarás con tu fregona —dijo Carriazo.

—No seré yo tan venturoso —dijo Avendaño.

—Ni yo tan necio —respondió Carriazo— que, por seguir tu mal gusto, deje de conseguir el bueno mío.

En estas pláticas llegaron a la posada, y aun se les pasó en otras semejantes la mitad de la noche. Y, habiendo dormido, a su parecer, poco más de una hora, los despertó el son de muchas chirimías que en la calle sonaban. Sentáronse en la cama y estuvieron atentos, y dijo Carriazo:

—Apostaré que es ya de día y que debe de hacerse alguna fiesta en un monasterio de Nuestra Señora del Carmen que esta aquí cerca, y por eso tocan estas chirimías.

—No es eso —respondió Avendaño—, porque no ha tanto que dormimos que pueda ser ya de día.

Estando en esto, sintieron llamar a la puerta de su aposento, y, preguntando quién llamaba, respondieron de fuera diciendo:

—Mancebos, si queréis oír una brava música, levantaos y asomaos a una reja que sale a la calle, que está en aquella sala frontera, que no hay nadie en ella.

Levantáronse los dos, y cuando abrieron no hallaron persona ni supieron quién les había dado el aviso; mas, porque oyeron el son de una arpa, creyeron ser verdad la música; y así en camisa, como se hallaron, se fueron a la sala, donde ya estaban otros tres o cuatro huéspedes puestos a las rejas; hallaron lugar, y de allí a poco, al son de la arpa y de una vihuela, con maravillosa voz, oyeron cantar este soneto, que no se le pasó de la memoria a Avendaño:

> Raro, humilde sujeto, que levantas
> a tan excelsa cumbre la belleza,
> que en ella se excedió naturaleza
> a sí misma, y al cielo la adelantas;
> si hablas, o si ríes, o si cantas,
> si muestras mansedumbre o aspereza
> (efecto sólo de tu gentileza),
> las potencias del alma nos encantas.
> Para que pueda ser más conocida
> la sin par hermosura que contienes
> y la alta honestidad de que blasonas,
> deja el servir, pues debes ser servida
> de cuantos ven sus manos y sus sienes
> resplandecer por cetros y coronas.

No fue menester que nadie les dijese a los dos que aquella música se daba por Costanza, pues bien claro lo había descubierto el soneto, que sonó de tal manera en los oídos de Avendaño, que diera por bien empleado, por no haberle oído, haber nacido sordo y estarlo todos los días de la vida que le quedaba, a causa que desde aquel punto la comenzó a tener tan mala como quien se halló traspasado el corazón de la rigurosa lanza de los celos. Y era lo peor que no sabía de quién debía o podía tenerlos. Pero presto le sacó deste cuidado uno de los que a la reja estaban, diciendo:

—¡Que tan simple sea este hijo del corregidor, que se ande dando músicas a una fregona...! Verdad es que ella es de las más hermosas muchachas que yo he visto, y he visto muchas; mas no por esto había de solicitarla con tanta publicidad.

A lo cual añadió otro de los de la reja:

—Pues en verdad que he oído yo decir por cosa muy cierta que así hace ella cuenta de él como si no fuese nadie: apostaré que se está ella ahora durmiendo a sueño suelto detrás de la cama de su ama, donde dicen que duerme, sin acordársele de músicas ni canciones.

—Así es la verdad —replicó el otro—, porque es la más honesta doncella que se sabe; y es maravilla que, con estar en esta casa de tanto tráfago y donde hay cada día gente nueva, y andar por todos los aposentos, no se sabe della el menor desmán del mundo.

Con esto que oyó, Avendaño tornó a revivir y a cobrar aliento para poder escuchar otras muchas cosas, que al son de diversos instrumentos los músicos cantaron, todas encaminadas a Costanza, la cual, como dijo el huésped, se estaba durmiendo sin ningún cuidado.

Por venir el día, se fueron los músicos, despidiéndose con las chirimías. Avendaño y Carriazo se volvieron a su aposento, donde durmió el que pudo hasta la mañana, la cual venida, se levantaron los dos, entrambos con deseo de ver a Costanza; pero el deseo del uno era deseo curioso, y el del otro deseo enamorado. Pero a entrambos se los cumplió Costanza, saliendo de la sala de su amo tan hermosa, que a los dos les pareció que todas cuantas alabanzas le había dado el mozo de mulas eran cortas y de ningún encarecimiento.

Su vestido era una saya y corpiños de paño verde, con unos ribetes del mismo paño. Los corpiños eran bajos, pero la camisa alta, plegado el cuello, con un cabezón labrado de seda negra, puesta una gargantilla de estrellas de azabache sobre un pedazo de una columna de alabastro, que no era menos blanca su garganta; ceñida con un cordón de san Francisco, y de una cinta pendiente, al lado derecho, un gran manojo de llaves. No traía chinelas, sino zapatos de dos suelas, colorados, con unas calzas que no se le parecían sino cuanto por un perfil mostraban también ser coloradas. Traía tranzados los cabellos con unas cintas blancas de hiladillo; pero tan largo el tranzado, que por las espaldas le pasaba de la cintura; el color salía de castaño y tocaba en rubio; pero, al parecer, tan limpio, tan igual y tan peinado, que ninguno, aunque fuera de hebras de oro, se le pudiera comparar. Pendíanle de las orejas dos calabacillas de vidrio que parecían perlas; los mismos cabellos le servían de garbín y de tocas.

Cuando salió de la sala se persignó y santiguó, y con mucha devoción y sosiego hizo una profunda reverencia a una imagen de Nuestra Señora que en una de las paredes del patio estaba colgada; y, alzando los ojos, vio a los dos, que mirándola estaban, y, apenas los hubo visto, cuando se retiró y volvió a entrar en la sala, desde la cual dio voces a Argüello que se levantase.

Resta ahora por decir qué es lo que le pareció a Carriazo de la hermosura de Costanza, que de lo que le pareció a Avendaño ya está dicho, cuando la vio la vez primera. No digo más, sino que a Carriazo le pareció tan bien como a su compañero, pero enamoróle mucho menos; y tan menos, que quisiera no anochecer en la posada, sino partirse luego para sus almadrabas.

En esto, a las voces de Costanza salió a los corredores la Argüello, con otras dos mocetonas, también criadas de casa, de quien se dice que eran gallegas; y el haber tantas lo requería la mucha gente que acude a la posada del Sevillano, que es una de las mejores y más frecuentadas que hay en Toledo. Acudieron también los mozos de los huéspedes a pedir cebada; salió el huésped de casa a dársela, maldiciendo a sus mozas, que por ellas se le había ido un mozo que la solía dar con muy buena cuenta y razón, sin que le hubiese hecho menos, a su parecer, un solo grano. Avendaño, que oyó esto, dijo:

—No se fatigue, señor huésped, déme el libro de la cuenta, que los días que hubiere de estar aquí yo la tendré tan buena en dar la cebada y paja que pidieren, que no eche menos al mozo que dice que se le ha ido.

—En verdad que os lo agradezca, mancebo —respondió el huésped—, porque yo no puedo atender a esto, que tengo otras muchas cosas a que acudir fuera de casa. Bajad; daros he el libro, y mirad que estos mozos de mulas son el mismo diablo y hacen trampantojos un celemín de cebada con menos conciencia que si fuese de paja.

Bajó al patio Avendaño y entregóse en el libro, y comenzó a despachar celemines como agua, y a asentarlos por tan buena orden que el huésped, que lo estaba mirando, quedó contento; y tanto, que dijo:

—Pluguiese a Dios que vuestro amo no viniese y que a vos os diese gana de quedaros en casa, que a fe que otro gallo os cantase, porque el mozo que se me fue vino a mi casa, habrá ocho meses, roto y flaco, y ahora lleva dos pares de vestidos muy buenos y va gordo como una nutria. Porque quiero que sepáis, hijo, que en esta casa hay muchos provechos, amén de los salarios.

—Si yo me quedase —replicó Avendaño— no repararía mucho en la ganancia; que con cualquiera cosa me contentaría a trueco de estar en esta ciudad, que me dicen que es la mejor de España.

—A lo menos —respondió el huésped— es de las mejores y más abundantes que hay en ella; mas otra cosa nos falta ahora, que es buscar quien vaya por agua al río; que también se me fue otro mozo que, con un asno que tengo famoso, me tenía rebosando las tinajas y hecha un lago de agua la casa. Y una de las causas por que los mozos de mulas se huelgan de traer sus amos a mi posada es por la abundancia de agua que hallan siempre en ella; porque no llevan su ganado al río, sino dentro de casa beben las cabalgaduras en grandes barreños.

Todo esto estaba oyendo Carriazo; el cual, viendo que ya Avendaño estaba acomodado y con oficio en casa, no quiso él quedarse a buenas noches; y más, que consideró el gran gusto que haría a Avendaño si le seguía el humor; y así, dijo al huésped:

—Venga el asno, señor huésped, que tan bien sabré yo cinchalle y cargalle, como sabe mi compañero asentar en el libro su mercancía.

—Sí —dijo Avendaño—, mi compañero Lope Asturiano servirá de traer agua como un príncipe, y yo le fío.

La Argüello, que estaba atenta desde el corredor a todas estas pláticas, oyendo decir a Avendaño que él fiaba a su compañero, dijo:

—Dígame, gentilhombre, ¿y quién le ha de fiar a él? Que en verdad que me parece que más necesidad tiene de ser fiado que de ser fiador.

—Calla, Argüello —dijo el huésped—, no te metas donde no te llaman; yo los fío a entrambos, y, por vida de vosotras, que no tengáis dares ni tomares con los mozos de casa, que por vosotras se me van todos.

—Pues qué —dijo otra moza—, ¿ya se quedan en casa estos mancebos? Para mi santiguada, que si yo fuera camino con ellos, que nunca les fiara la bota.

—Déjese de chocarrerías, señora Gallega —respondió el huésped—, y haga su hacienda, y no se entremeta con los mozos, que la moleré a palos.

—¡Por cierto, sí! —replicó la Gallega—, ¡mirad qué joyas para codiciallas! Pues en verdad que no me ha hallado el señor mi amo tan juguetona con los mozos de la casa, ni de fuera, para tenerme en la mala piñón que me tiene: ellos son bellacos y se van cuando se les antoja, sin que nosotras les demos ocasión alguna. ¡Bonica gente es ella, por cierto, para tener necesidad de apetites que les inciten a dar un madrugón a sus amos cuando menos se percatan!

—Mucho habláis, Gallega hermana —respondió su amo—; punto en boca, y atended a lo que tenéis a vuestro cargo.

Ya en esto tenía Carriazo enjaezado el asno; y, subiendo en él de un brinco, se encaminó al río, dejando a Avendaño muy alegre de haber visto su gallarda resolución.

He aquí: tenemos ya —en buena hora se cuente— a Avendaño hecho mozo del mesón, con nombre de Tomás Pedro, que así dijo que se llamaba, y a Carriazo, con el de Lope Asturiano, hecho aguador: transformaciones dignas de anteponerse a las del narigudo poeta.

A malas penas acabó de entender la Argüello que los dos se quedaban en casa, cuando hizo designio sobre el Asturiano, y le marcó por suyo, determinándose a regalarle de suerte que, aunque él fuese de condición esquiva y retirada, le volviese más blando que un guante. El mismo discurso hizo la Gallega melindrosa sobre Avendaño; y, como las dos, por trato y conversación, y por dormir juntas, fuesen grandes amigas, al punto declaró la una a la otra su determinación amorosa, y desde aquella noche determinaron de dar principio a la conquista de sus dos desapasionados amantes. Pero lo primero que advirtieron fue en que les habían de pedir que no las habían de pedir celos por cosas que las viesen hacer de sus personas, porque mal pueden regalar las mozas a los de dentro si no hacen tributarios a los de fuera de casa. «Callad, hermanos —decían ellas (como si los tuvieran presentes y fueran ya sus verdaderos mancebos o amancebados)—; callad y tapaos los ojos, y dejad tocar el pandero a quien sabe y que guíe la danza quien la entiende, y no habrá par de canónigos en esta ciudad más regalados que vosotros lo seréis destas tributarias vuestras.»

Estas y otras razones desta sustancia y jaez dijeron la Gallega y la Argüello; y, en tanto, caminaba nuestro buen Lope Asturiano la vuelta del río, por la cuesta del Carmen, puestos los pensamientos en sus almadrabas y en la súbita mutación de su estado. O ya fuese por esto, o porque la suerte así lo ordenase, en un paso estrecho, al bajar de la cuesta, encontró con un asno de un aguador que subía cargado; y, como él descendía y su asno era gallardo, bien dispuesto y poco trabajado, tal encuentro dio al cansado y flaco que subía, que dio con él en el suelo; y, por haberse quebrado los cántaros, se derramó también el agua, por cuya desgracia el aguador antiguo, despechado y lleno de cólera, arremetió al aguador moderno, que aún se estaba caballero; y, antes que se desenvolviese y apeado, le había pegado y asentado una docena de palos tales, que no le supieron bien al Asturiano.

Apeóse, en fin; pero con tan malas entrañas, que arremetió a su enemigo, y, asiéndole con ambas manos por la garganta, dio con él en el suelo; y tal golpe dio con la cabeza sobre una piedra, que se la abrió por dos partes, saliendo tanta sangre que pensó que le había muerto.

Otros muchos aguadores que allí venían, como vieron a su compañero tan malparado, arremetieron a Lope, y tuviéronle asido fuertemente, gritando:

—¡Justicia, justicia; que este aguador ha muerto a un hombre!

Y, a vuelta destas razones y gritos, le molían a mojicones y a palos. Otros acudieron al caído, y vieron que tenía hendida la cabeza y que casi estaba espirando. Subieron las voces de boca en boca por la cuesta arriba, y en la plaza del Carmen dieron en los oídos de un alguacil; el cual, con dos corchetes, con más ligereza que si volara, se puso en el lugar de la pendencia, a tiempo que ya el herido estaba atravesado sobre su asno, y el de Lope asido, y Lope rodeado de más de veinte aguadores, que no le dejaban rodear, antes le brumaban las costillas de manera que más se pudiera temer de su vida que de la del herido, según menudeaban sobre él los puños y las varas aquellos vengadores de la ajena injuria.

Llegó el alguacil, apartó la gente, entregó a sus corchetes al Asturiano, y antecogiendo a su asno y al herido sobre el suyo, dio con ellos en la cárcel, acompañado de tanta gente y de tantos muchachos que le seguían, que apenas podía hender por las calles.

Al rumor de la gente, salió Tomás Pedro y su amo a la puerta de casa, a ver de qué procedía tanta grita, y descubrieron a Lope entre los dos corchetes, lleno de sangre el rostro y la boca; miró luego por su asno el huésped, y vióle en poder de otro corchete que ya se les había juntado. Preguntó la causa de aquellas prisiones; fuele respondida la verdad del suceso; pesóle por su asno, temiendo que le había de perder, o a lo menos hacer más costas por cobrarle que él valía.

Tomás Pedro siguió a su compañero, sin que le dejasen llegar a hablarle una palabra: tanta era la gente que lo impedía, y el recato de los corchetes y del alguacil que le llevaba. Finalmente, no le dejó hasta verle poner en la cárcel, y en un calabozo, con dos pares de grillos, y al herido en la enfermería, donde se halló a verle curar, y vio que la herida era peligrosa, y mucho, y lo mismo dijo el cirujano.

El alguacil se llevó a su casa los dos asnos, y más 5 reales de a ocho que los corchetes habían quitado a Lope.

Volvióse a la posada lleno de confusión y de tristeza; halló al que ya tenía por amo con no menos pesadumbre que él traía, a quien dijo de la manera que quedaba su compañero, y del peligro de muerte en que estaba el herido, y del suceso de su asno. Díjole más: que a su desgracia se le había añadido otra de no menor fastidio; y era que un grande amigo de su señor le había encontrado en el camino, y le había dicho que su señor, por ir muy de prisa y ahorrar dos leguas de camino, desde Madrid había pasado por la barca de Azeca, y que aquella noche dormía en Orgaz; y que le había dado 12 escudos que le diese, con orden de que se fuese a Sevilla, donde le esperaba.

—Pero no puede ser así —añadió Tomás—, pues no será razón que yo deje a mi amigo y camarada en la cárcel y en tanto peligro. Mi amo me podrá perdonar por ahora; cuanto más, que él es tan bueno y honrado, que dará por bien cualquier falta que le hiciere, a trueco que no la haga a mi camarada. Vuesa merced, señor amo, me la haga de tomar este dinero y acudir a este negocio; y, en tanto que esto se gasta, yo escribiré a mi señor lo que pasa, y sé que me enviará dineros que basten a sacarnos de cualquier peligro.

Abrió los ojos de un palmo el huésped, alegre de ver que, en parte, iba saneando la pérdida de su asno. Tomó el dinero y consoló a Tomás, diciéndole que él tenía personas en Toledo de tal calidad, que valían mucho con la justicia: especialmente una señora monja, parienta del corregidor, que le mandaba con el pie; y que una lavandera del monasterio de la tal monja tenía una hija que era grandísima amiga de una hermana de un fraile muy familiar y conocido del confesor de la dicha monja, la cual lavandera lavaba la ropa en casa. «Y, como ésta pida a su hija, que sí pedirá, hable a la hermana del fraile que hable a su hermano que hable al confesor, y el confesor a la monja y la monja guste de dar un billete (que será cosa fácil) para el corregidor, donde le pida encarecidamente mire por el negocio de Tomás, sin duda alguna se podrá esperar buen suceso. Y esto ha de ser con tal que el aguador no muera, y con que no falte ungüento para untar a todos los ministros de la justicia, porque si no están untados, gruñen más que carretas de bueyes.»

En gracia le cayó a Tomás los ofrecimientos del favor que su amo le había hecho, y los infinitos y revueltos arcaduces por donde le había derivado; y, aunque conoció que antes lo había dicho de socarrón que de inocente, con todo eso, le agradeció su buen ánimo y le entregó el dinero, con promesa que no faltaría mucho más, según él tenía la confianza en su señor, como ya le había dicho.

La Argüello, que vio atraillado a su nuevo cuyo, acudió luego a la cárcel a llevarle de comer; mas no se le dejaron ver, de que ella volvió muy sentida y malcontenta; pero no por esto disistió de su buen propósito.

En resolución, dentro de quince días estuvo fuera de peligro el herido, y a los veinte declaró el cirujano que estaba del todo sano; y ya en este tiempo había dado traza Tomás cómo le viniesen 50 escudos de Sevilla, y, sacándolos él de su seno, se los entregó al huésped con cartas y cédula fingida de su amo; y, como al huésped le iba poco en averiguar la verdad de aquella correspondencia, cogía el dinero, que por ser en escudos de oro le alegraba mucho.

Por 6 ducados se apartó de la querella el herido; en 10, y en el asno y las costas, sentenciaron al Asturiano. Salió de la cárcel, pero no quiso volver a estar con su compañero, dándole por disculpa que en los días que había estado preso le había visitado la Argüello y requerídole de amores: cosa para él de tanta molestia y enfado, que antes se dejara ahorcar que corresponder con el deseo de tan mala hembra; que lo que pensaba hacer era, ya que él estaba determinado de seguir y pasar adelante con su propósito, comprar un asno y usar el oficio de aguador en tanto que estuviesen en Toledo; que, con aquella cubierta, no sería juzgado ni preso por vagamundo, y que, con sola una carga de agua, se podía andar todo el día por la ciudad a sus anchuras, mirando bobas.

—Antes mirarás hermosas que bobas en esta ciudad, que tiene fama de tener las más discretas mujeres de España, y que andan a una su discreción con su hermosura; y si no, míralo por Costancica, de cuyas sobras de belleza puede enriquecer no sólo a las hermosas desta ciudad, sino a las de todo el mundo.

—Paso, señor Tomás —replicó Lope—: vámonos poquito a poquito en esto de las alabanzas de la señora fregona, si no quiere que, como le tengo por loco, le tenga por hereje.

—¿Fregona has llamado a Costanza, hermano Lope? —respondió Tomás—, Dios te lo perdone y te traiga a verdadero conocimiento de tu yerro.

—Pues ¿no es fregona? —replicó el Asturiano.

—Hasta ahora le tengo por ver fregar el primer plato.

—No importa —dijo Lope— no haberle visto fregar el primer plato, si le has visto fregar el segundo y aun el centésimo.

—Yo te digo, hermano —replicó Tomás—, que ella no friega ni entiende en otra cosa que en su labor, y en ser guarda de la plata labrada que hay en casa, que es mucha.

—Pues ¿cómo la llaman por toda la ciudad —dijo Lope— la fregona ilustre, si es que no friega? Mas sin duda debe de ser que, como friega plata, y no loza, la dan nombre de ilustre. Pero, dejando esto aparte, dime, Tomás: ¿en qué estado están tus esperanzas?

—En el de perdición —respondió Tomás—, porque, en todos estos días que has estado preso, nunca la he podido hablar una palabra, y, a muchas que los huéspedes le dicen, con ninguna otra cosa responde que con bajar los ojos y no desplegar los labios; tal es su honestidad y su recato, que no menos enamora con su recogimiento que con su hermosura. Lo que me trae alcanzado de paciencia es saber que el hijo del corregidor, que es mozo brioso y algo atrevido, muere por ella y la solicita con músicas; que pocas noches se pasan sin dársela, y tan al descubierto, que en lo que cantan la nombran, la alaban y la solemnizan. Pero ella no las oye, ni desde que anochece hasta la mañana no sale del aposento de su ama, escudo que no deja que me pase el corazón la dura saeta de los celos.

—Pues ¿qué piensas hacer con el imposible que se te ofrece en la conquista desta Porcia, desta Minerva y desta nueva Penélope, que en figura de doncella y de fregona te enamora, te acobarda y te desvanece?

—Haz la burla que de mí quisieres, amigo Lope, que yo sé que estoy enamorado del más hermoso rostro que pudo formar naturaleza, y de la más incomparable honestidad que ahora se puede usar en el mundo. Costanza se llama, y no Porcia, Minerva o Penélope; en un mesón sirve, que no lo puedo negar, pero, ¿qué puedo yo hacer, si me parece que el destino con oculta fuerza me inclina, y la elección con claro discurso me mueve a que la adore? Mira, amigo: no sé cómo te diga —prosiguió Tomás— de la manera con que amor el bajo sujeto desta fregona, que tú llamas, me le encumbra y levanta tan alto, que viéndole no le vea, y conociéndole le desconozca. No es posible que, aunque lo procuro, pueda un breve término contemplar, si así se puede decir, en la bajeza de su estado, porque luego acuden a borrarme este pensamiento su belleza, su donaire, su sosiego, su honestidad y recogimiento, y me dan a entender que, debajo de aquella rústica corteza, debe de estar encerrada y escondida alguna mina de gran valor y de merecimiento grande. Finalmente, sea lo que se fuere, yo la quiero bien; y no con aquel amor vulgar con que a otras he querido, sino con amor tan limpio, que no se extiende a más que a servir y a procurar que ella me quiera, pagándome con honesta voluntad lo que a la mía, también honesta, se debe.

A este punto, dio una gran voz el Asturiano y, como exclamando, dijo:

—¡Oh amor platónico! ¡Oh fregona ilustre! ¡Oh felicísimos tiempos los nuestros, donde vemos que la belleza enamora sin malicia, la honestidad enciende sin que abrase, el donaire da gusto sin que incite, la bajeza del estado humilde obliga y fuerza a que le suban sobre la rueda de la que llaman Fortuna! ¡Oh pobres atunes míos, que os pasáis este año sin ser visitados deste tan enamorado y aficionado vuestro! Pero el que viene yo haré la enmienda, de manera que no se quejen de mí los mayorales de las mis deseadas almadrabas.

A esto dijo Tomás:

—Ya veo, Asturiano, cuán al descubierto te burlas de mí. Lo que podías hacer es irte norabuena a tu pesquería, que yo me quedaré en mi caza, y aquí me hallarás a la vuelta. Si quisieres llevarte contigo el dinero que te toca, luego te lo daré; y ve en paz, y cada uno siga la senda por donde su destino le guiare.

—Por más discreto te tenía —replicó Lope—; y ¿tú no ves que lo que digo es burlando? Pero, ya que sé que tú hablas de veras, de veras te serviré en todo aquello que fuere de tu gusto. Una cosa sola te pido, en recompensa de las muchas que pienso hacer en tu servicio: y es que no me pongas en ocasión de que la Argüello me requiebre ni solicite; porque antes romperé con tu amistad que ponerme a peligro de tener la suya. Vive Dios, amigo, que habla más que un relator y que le huele el aliento a rasuras desde una legua: todos los dientes de arriba son postizos, y tengo para mí que los cabellos son cabellera; y, para adobar y suplir estas faltas, después que me descubrió su mal pensamiento, ha dado en afeitarse con albayalde, y así se jalbega el rostro, que no parece sino mascarón de yeso puro.

—Todo eso es verdad —replicó Tomás—, y no es tan mala la Gallega que a mí me martiriza. Lo que se podrá hacer es que esta noche sola estés en la posada, y mañana comprarás el asno que dices y buscarás dónde estar; y así huirás los encuentros de Argüello, y yo quedaré sujeto a los de la Gallega y a los irreparables de los rayos de la vista de mi Costanza.

En esto se convinieron los dos amigos y se fueron a la posada, adonde de la Argüello fue con muestras de mucho amor recibido el Asturiano. Aquella noche hubo un baile a la puerta de la posada, de muchos mozos de mulas que en ella y en las convecinas había. El que tocó la guitarra fue el Asturiano; las bailadoras, amén de las dos gallegas y de la Argüello, fueron otras tres mozas de otra posada. Juntáronse muchos embozados, con más deseo de ver a Costanza que el baile, pero ella no pareció ni salió a verle, con que dejó burlados muchos deseos.

De tal manera tocaba la guitarra Lope, que decían que la hacía hablar. Pidiéronle las mozas, y con más ahínco la Argüello, que cantase algún romance; él dijo que, como ellas le bailasen al modo como se canta y baila en las comedias, que le cantaría, y que, para que no lo errasen, que hiciesen todo aquello que él dijese cantando y no otra cosa.

Había entre los mozos de mulas bailarines, y entre las mozas ni más ni menos. Mondó el pecho Lope, escupiendo dos veces, en el cual tiempo pensó lo que diría; y, como era de presto, fácil y lindo ingenio, con una felicísima corriente, de improviso comenzó a cantar desta manera:

Salga la hermosa Argüello,
moza una vez, y no más;
y, haciendo una reverencia,
dé dos pasos hacia trás.
De la mano la arrebate
el que llaman Barrabás:
andaluz mozo de mulas,

canónigo del Compás.
De las dos mozas gallegas
que en esta posada están,
salga la más carigorda
en cuerpo y sin devantal.
Engarráfela Torote,
y todos cuatro a la par,
con mudanzas y meneos,
den principio a un contrapás.

Todo lo que iba cantando el Asturiano hicieron al pie de la letra ellos y ellas; mas, cuando llegó a decir que diesen principio a un contrapás, respondió Barrabás, que así le llamaban por mal nombre al bailarín mozo de mulas:

—Hermano músico, mire lo que canta y no moteje a naide de mal vestido, porque aquí no hay naide con trapos, y cada uno se viste como Dios le ayuda.

El huésped, que oyó la ignorancia del mozo, le dijo:

—Hermano mozo, contrapás es un baile extranjero, y no motejo de mal vestidos.

—Si eso es —replicó el mozo—, no hay para qué nos metan en dibujos: toquen sus zarabandas, chaconas y folías al uso, y escudillen como quisieren, que aquí hay personas que les sabrán llenar las medidas hasta el gollete.

El Asturiano, sin replicar palabra, prosiguió su canto diciendo:

Entren, pues, todas las ninfas
y los ninfos que han de entrar,
que el baile de la chacona
es más ancho que la mar.
Requieran las castañetas
y bájense a refregar
las manos por esa arena
o tierra del muladar.
Todos lo han hecho muy bien,
no tengo qué les rectar;
santígüense, y den al diablo

dos higas de su higueral.
Escupan al hideputa
por que nos deje holgar,
puesto que de la chacona
nunca se suele apartar.
Cambio el son, divina Argüello,
más bella que un hospital;
pues eres mi nueva musa,
tu favor me quieras dar.
El baile de la chacona
encierra la vida bona.

    Hállase allí el ejercicio
que la salud acomoda,
sacudiendo de los miembros
a la pereza poltrona.
Bulle la risa en el pecho
de quien baila y de quien toca,
del que mira y del que escucha
baile y música sonora.
Vierten azogue los pies,
derrítese la persona
y con gusto de sus dueños
las mulillas se descorchan.
El brío y la ligereza
en los viejos se remoza,
y en los mancebos se ensalza
y sobremodo se entona.
Que el baile de la chacona
encierra la vida bona.

    ¡Qué de veces ha intentado
aquesta noble señora,
con la alegre zarabanda,
el pésame y perra mora,
entrarse por los resquicios

de las casas religiosas
a inquietar la honestidad
que en las santas celdas mora!
¡Cuántas fue vituperada
de los mismos que la adoran!
Porque imagina el lascivo
y al que es necio se le antoja,
que el baile de chacona
encierra la vida bona.

Esta indiana amulatada,
de quien la fama pregona
que ha hecho más sacrilegios
e insultos que hizo Aroba;
ésta, a quien es tributaria
la turba de las fregonas,
la caterva de los pajes
y de lacayos las tropas,
dice, jura y no revienta,
que, a pesar de la persona
del soberbio zambapalo,
ella es la flor de la olla,
y que sola la chacona
encierra la vida bona.

En tanto que Lope cantaba, se hacían rajas bailando la turbamulta de los mulantes y fregatrices del baile, que llegaban a doce; y, en tanto que Lope se acomodaba a pasar adelante cantando otras cosas de más tomo, sustancia y consideración de las cantadas, uno de los muchos embozados que el baile miraban dijo, sin quitarse el embozo:

—¡Calla, borracho! ¡Calla, cuero! ¡Calla, odrina, poeta de viejo, músico falso!

Tras esto, acudieron otros, diciéndole tantas injurias y muecas, que Lope tuvo por bien de callar; pero los mozos de mulas lo tuvieron tan mal, que si no fuera por el huésped, que con buenas razones los sosegó, allí fuera la de

Mazagatos; y aun con todo eso, no dejaran de menear las manos si a aquel instante no llegara la justicia y los hiciera recoger a todos.

Apenas se habían retirado, cuando llegó a los oídos de todos los que en el barrio despiertos estaban una voz de un hombre que, sentado sobre una piedra, frontero de la posada del Sevillano, cantaba con tan maravillosa y suave armonía, que los dejó suspensos y les obligó a que le escuchasen hasta el fin. Pero el que más atento estuvo fue Tomás Pedro, como aquel a quien más le tocaba, no sólo el oír la música, sino entender la letra, que para él no fue oír canciones, sino cartas de excomunión que le acongojaban el alma; porque lo que el músico cantó fue este romance:

¿Dónde estás, que no pareces,
esfera de la hermosura,
belleza a la vida humana
de divina compostura?
Cielo empíreo, donde amor
tiene su estancia segura;
primer moble, que arrebata
tras sí todas las venturas;
lugar cristalino, donde
transparentes aguas puras
enfrían de amor las llamas,
las acrecientan y apuran;
nuevo hermoso firmamento,
donde dos estrellas juntas,
sin tomar la luz prestada,
al cielo y al suelo alumbran;
alegría que se opone
a las tristezas confusas
del padre que da a sus hijos
en su vientre sepultura;
humildad que se resiste
de la alteza con que encumbran
el gran Jove, a quien influye

su benignidad, que es mucha.
Red invisible y sutil,
que pone en prisiones duras
al adúltero guerrero
que de las batallas triunfa;
cuarto cielo y Sol segundo,
que el primero deja a oscuras
cuando acaso deja verse:
que el verle es caso y ventura;
grave embajador, que hablas
con tan extraña cordura,
que persuades callando,
aún más de lo que procuras;
del segundo cielo tienes
no más que la hermosura,
y del primero, no más
que el resplandor de la Luna;
esta esfera sois, Costanza,
puesta, por corta fortuna,
en lugar que, por indigno,
vuestras venturas deslumbra.
Fabricad vos vuestra suerte,
consintiendo se reduzga
la entereza a trato al uso,
la esquividad a blandura.
Con esto veréis, señora,
que envidian vuestra fortuna
las soberbias por linaje;
las grandes por hermosura.
Si queréis ahorrar camino,
la más rica y la más pura
voluntad en mí os ofrezco
que vio amor en alma alguna.

El acabar estos últimos versos y el llegar volando dos medios ladrillos fue todo uno; que, si como dieron junto a los pies del músico le dieran en mitad de la cabeza, con facilidad le sacaran de los cascos la música y la poesía. Asombróse el pobre, y dio a correr por aquella cuesta arriba con tanta prisa, que no le alcanzara un galgo. ¡Infelice estado de los músicos, murciégalos y lechuzos, siempre sujetos a semejantes lluvias y desmanes!

A todos los que escuchado habían la voz del apedreado, les pareció bien; pero a quien mejor, fue a Tomás Pedro, que admiró la voz y el romance; mas quisiera él que de otra que Costanza naciera la ocasión de tantas músicas, puesto que a sus oídos jamás llegó ninguna. Contrario deste parecer fue Barrabás, el mozo de mulas, que también estuvo atento a la música; porque, así como vio huir al músico, dijo:

—¡Allá irás, mentecato, trovador de Judas, que pulgas te coman los ojos! Y ¿quién diablos te enseñó a cantar a una fregona cosas de esferas y de cielos, llamándola lunes y martes, y de ruedas de Fortuna? Dijérasla, noramala para ti y para quien le hubiere parecido bien tu trova, que es tiesa como un espárrago, entonada como un plumaje, blanca como una leche, honesta como un fraile novicio, melindrosa y zahareña como una mula de alquiler, y más dura que un pedazo de argamasa; que, como esto le dijeras, ella lo entendiera y se holgara; pero llamarla embajador, y red, y moble, y alteza y bajeza, más es para decirlo a un niño de la doctrina que a una fregona. Verdaderamente que hay poetas en el mundo que escriben trovas que no hay diablo que las entienda. Yo, a lo menos, aunque soy Barrabás, éstas que ha cantado este músico de ninguna manera las entrevo: ¡miren qué hará Costancica! Pero ella lo hace mejor; que se está en su cama haciendo burla del mismo preste Juan de las Indias. Este músico, a lo menos, no es de los del hijo del corregidor, que aquéllos son muchos, y una vez que otra se dejan entender; pero éste, ¡voto a tal que me deja mohíno!

Todos los que escucharon a Barrabás recibieron gran gusto, y tuvieron su censura y parecer por muy acertado.

Con esto, se acostaron todos; y, apenas estaba sosegada la gente, cuando sintió Lope que llamaban a la puerta de su aposento muy paso. Y, preguntando quién llamaba, fuele respondido con voz baja:

—La Argüello y la Gallega somos: ábrannos que mos morimos de frío.

—Pues en verdad —respondió Lope— que estamos en la mitad de los caniculares.

—Déjate de gracias, Lope —replicó la Gallega—: levántate y abre, que venimos hechas unas archiduquesas.

—¿Archiduquesas y a tal hora? —respondió Lope—, no creo en ellas; antes entiendo que sois brujas, o unas grandísimas bellacas: idos de ahí luego; si no, por vida de..., hago juramento que si me levanto, que con los hierros de mi pretina os tengo de poner las posaderas como unas amapolas.

Ellas, que se vieron responder tan acerbamente, y tan fuera de aquello que primero se imaginaron, temieron la furia del Asturiano; y, defraudadas sus esperanzas y borrados sus designios, se volvieron tristes y malaventuradas a sus lechos; aunque, antes de apartarse de la puerta, dijo la Argüello, poniendo los hocicos por el agujero de la llave:

—No es la miel para la boca del asno.

Y con esto, como si hubiera dicho una gran sentencia y tomado una justa venganza, se volvió, como se ha dicho, a su triste cama.

Lope, que sintió que se habían vuelto, dijo a Tomás Pedro, que estaba despierto:

—Mirad, Tomás: ponedme vos a pelear con dos gigantes, y en ocasión que me sea forzoso desquijarar por vuestro servicio media docena o una de leones, que yo lo haré con más facilidad que beber una taza de vino; pero que me pongáis en necesidad que me tome a brazo partido con la Argüello, no lo consentiré si me asaetean. ¡Mirad qué doncellas de Dinamarca nos había ofrecido la suerte esta noche! Ahora bien, amanecerá Dios y medraremos.

—Ya te he dicho, amigo —respondió Tomás—, que puedes hacer tu gusto, o ya en irte a tu romería, o ya en comprar el asno y hacerte aguador, como tienes determinado.

—En lo de ser aguador me afirmo —respondió Lope—. Y durmamos lo poco que queda hasta venir el día, que tengo esta cabeza mayor que una cuba, y no estoy para ponerme ahora a departir contigo.

Durmiéronse; vino el día, levantáronse, y acudió Tomás a dar cebada y Lope se fue al mercado de las bestias, que es allí junto, a comprar un asno que fuese tal como bueno.

Sucedió, pues, que Tomás, llevado de sus pensamientos y de la comodidad que le daba la soledad de las siestas, había compuesto en algunas unos versos amorosos y escrítolos en el mismo libro do tenía la cuenta de la cebada, con intención de sacarlos aparte en limpio y romper o borrar aquellas hojas. Pero, antes que esto hiciese, estando él fuera de casa y habiéndose dejado el libro sobre el cajón de la cebada, le tomó su amo, y, abriéndole para ver cómo estaba la cuenta, dio con los versos, que leídos le turbaron y sobresaltaron. Fuese con ellos a su mujer, y, antes que se los leyese, llamó a Costanza; y, con grandes encarecimientos, mezclados con amenazas, le dijo le dijese si Tomás Pedro, el mozo de la cebada, la había dicho algún requiebro, o alguna palabra descompuesta o que diese indicio de tenerla afición. Costanza juró que la primera palabra, en aquella o en otra materia alguna, estaba aún por hablarla, y que jamás, ni aun con los ojos, le había dado muestras de pensamiento malo alguno.

Creyéronla sus amos, por estar acostumbrados a oírla siempre decir verdad en todo cuanto le preguntaban. Dijéronla que se fuese de allí, y el huésped dijo a su mujer:

—No sé qué me diga desto. Habréis de saber, señora, que Tomás tiene escritas en este libro de la cebada unas coplas que me ponen mala espina que está enamorado de Costancica.

—Veamos las coplas —respondió la mujer—, que yo os diré lo que en eso debe de haber.

—Así será, sin duda alguna —replicó su marido—; que, como sois poeta, luego daréis en su sentido.

—No soy poeta —respondió la mujer—, pero ya sabéis vos que tengo buen entendimiento y que sé rezar en latín las cuatro oraciones.

—Mejor haríades de rezallas en romance: que ya os dijo vuestro tío el clérigo que decíades mil gazafatones cuando rezábades en latín y que no rezábades nada.

—Esa flecha, de la ahijada de su sobrina ha salido, que está envidiosa de verme tomar las Horas de latín en la mano e irme por ellas como por viña vendimiada.

—Sea como vos quisiéredes —respondió el huésped—. Estad atenta, que las coplas son éstas:

¿Quién de amor venturas halla?
El que calla.
¿Quién triunfa de su aspereza?
La firmeza.
¿Quién da alcance a su alegría?
La porfía.
Dese modo, bien podría
esperar dichosa palma
si en esta empresa mi alma
calla, está firme y porfía.

¿Con quién se sustenta amor?
Con favor.
¿Y con qué mengua su furia?
Con la injuria.
¿Antes con desdenes crece?
Desfallece.
Claro en esto se parece
que mi amor será inmortal,
pues la causa de mi mal
ni injuria ni favorece.

Quien desespera, ¿qué espera?
Muerte entera.
Pues, ¿qué muerte el mal remedia?
La que es media.
Luego, ¿bien será morir?
Mejor sufrir.
Porque se suele decir,
y esta verdad se reciba,
que tras la tormenta esquiva
suele la calma venir.

¿Descubriré mi pasión?
En ocasión.
¿Y si jamás se me da?
Sí hará.

Llegará la muerte en tanto.
Llegue a tanto
tu limpia fe y esperanza,
que, en sabiéndolo Costanza,
convierta en risa tu llanto.

—¿Hay más? —dijo la huéspeda.

—No —respondió el marido—; pero, ¿qué os parece destos versos?

—Lo primero —dijo ella—, es menester averiguar si son de Tomás.

—En eso no hay que poner duda —replicó el marido—, porque la letra de la cuenta de la cebada y la de las coplas toda es una, sin que se pueda negar.

—Mirad, marido —dijo la huéspeda—: a lo que yo veo, puesto que las coplas nombran a Costancica, por donde se puede pensar que se hicieron para ella, no por eso lo habemos de afirmar nosotros por verdad, como si se los viéramos escribir; cuanto más, que otras Costanzas que la nuestra hay en el mundo; pero, ya que sea por ésta, ahí no le dice nada que la deshonre ni la pide cosa que le importe. Estemos a la mira y avisemos a la muchacha, que si él está enamorado della, a buen seguro que él haga más coplas y que procure dárselas.

—¿No sería mejor —dijo el marido— quitarnos desos cuidados y echarle de casa?

—Eso —respondió la huéspeda— en vuestra mano está; pero en verdad que, según vos decís, el mozo sirve de manera que sería conciencia el despedille por tan liviana ocasión.

—Ahora bien —dijo el marido—, estaremos alerta, como vos decís, y el tiempo nos dirá lo que habemos de hacer.

Quedaron en esto, y tornó a poner el huésped el libro donde le había hallado. Volvió Tomás ansioso a buscar su libro, hallóle, y porque no le diese otro sobresalto, trasladó las coplas y rasgó aquellas hojas, y propuso de aventurarse a descubrir su deseo a Costanza en la primera ocasión que se le ofreciese. Pero, como ella andaba siempre sobre los estribos de su honestidad y recato, a ninguno daba lugar de miralla, cuanto más de ponerse a pláticas con ella; y, como había tanta gente y tantos ojos de ordinario en la posada, aumentaba más la dificultad de hablarla, de que se desesperaba el pobre enamorado.

Mas, habiendo salido aquel día Costanza con una toca ceñida por las mejillas, y dicho a quien se lo preguntó que por qué se la había puesto, que tenía un gran dolor de muelas, Tomás, a quien sus deseos avivaban el entendimiento, en un instante discurrió lo que sería bueno que hiciese, y dijo:

—Señora Costanza, yo le daré una oración en escrito, que a dos veces que la rece se le quitará como con la mano su dolor.

—Norabuena —respondió Costanza—; que yo la rezaré, porque sé leer.

—Ha de ser con condición —dijo Tomás— que no la ha de mostrar a nadie, porque la estimo en mucho, y no será bien que por saberla muchos se menosprecie.

—Yo le prometo —dijo Costanza—, Tomás, que no la dé a nadie; y démela luego, porque me fatiga mucho el dolor.

—Yo la trasladaré de la memoria —respondió Tomás— y luego se la daré.

Estas fueron las primeras razones que Tomás dijo a Costanza, y Costanza a Tomás, en todo el tiempo que había que estaba en casa, que ya pasaban de veinticuatro días. Retiróse Tomás y escribió la oración, y tuvo lugar de dársela a Costanza sin que nadie lo viese; y ella, con mucho gusto y más devoción, se entró en un aposento a solas, y abriendo el papel vio que decía desta manera:

Señora de mi alma:

Yo soy un caballero natural de Burgos; si alcanzo de días a mi padre, heredo un mayorazgo de 6.000 ducados de renta. A la fama de vuestra hermosura, que por muchas leguas se extiende, dejé mi patria, mudé vestido, y en el traje que me veis vine a servir a vuestro dueño; si vos lo quisiéredes ser mío, por los medios que más a vuestra honestidad convengan, mirad qué pruebas queréis que haga para enteraros desta verdad; y, enterada en ella, siendo gusto vuestro, seré vuestro esposo y me tendré por el más bien afortunado del mundo. Sólo, por ahora, os pido que no echéis tan enamorados y limpios pensamientos como los míos en la calle; que si vuestro dueño los sabe y no los cree, me condenará a destierro de vuestra presencia, que sería lo mismo que condenarme a muerte. Dejadme, señora, que os vea hasta que me creáis, considerando que no merece el riguroso castigo de no veros el que no ha cometido otra culpa que adoraros. Con los ojos podréis responderme, a hurto de los muchos que siempre os están mirando; que ellos son tales, que airados matan y piadosos resucitan. En tanto que Tomás entendió que Costanza se había ido a leer su papel, le estuvo palpitando el corazón, temiendo y esperando, o ya la sentencia de su muerte o la restauración de su vida. Salió en esto Costanza, tan hermosa, aunque rebozada, que si pudiera recibir aumento su hermosura con algún accidente, se pudiera juzgar que el sobresalto de haber visto en el papel de Tomás otra cosa tan lejos de la que pensaba había acrecentado su belleza. Salió con el papel entre las manos hecho menudas piezas, y dijo a Tomás, que apenas se podía tener en pie:

—Hermano Tomás, ésta tu oración más parece hechicería y embuste que oración santa; y así, yo no la quiero creer ni usar della, y por eso la he rasgado, porque no la vea nadie que sea más crédula que yo. Aprende otras oraciones más fáciles, porque ésta será imposible que te sea de provecho.

En diciendo esto, se entró con su ama, y Tomás quedó suspenso, pero algo consolado, viendo que en solo el pecho de Costanza quedaba el secreto de su deseo; pareciéndole que, pues no había dado cuenta de él a su amo, por lo menos no estaba en peligro de que le echasen de casa. Parecióle que en el primero paso que había dado en su pretensión había atropellado por mil montes de inconvenientes, y que, en las cosas grandes y dudosas, la mayor dificultad está en los principios.

En tanto que esto sucedió en la posada, andaba el Asturiano comprando el asno donde los vendían; y, aunque halló muchos, ninguno le satisfizo, puesto que un gitano anduvo muy solícito por encajalle uno que más caminaba por el azogue que le había echado en los oídos que por ligereza suya; pero lo que contentaba con el paso desagradaba con el cuerpo, que era muy pequeño y no del grandor y talle que Lope quería, que le buscaba suficiente para llevarle a él por añadidura, ora fuesen vacíos o llenos los cántaros.

Llegóse a él en esto un mozo y díjole al oído:

—Galán, si busca bestia cómoda para el oficio de aguador, yo tengo un asno aquí cerca, en un prado, que no le hay mejor ni mayor en la ciudad; y aconséjole que no compre bestia de gitanos, porque, aunque parezcan sanas y buenas, todas son falsas y llenas de dolamas; si quiere comprar la que le conviene, véngase conmigo y calle la boca.

Creyóle el Asturiano y díjole que guiase adonde estaba el asno que tanto encarecía. Fuéronse los dos mano a mano, como dicen, hasta que llegaron a la Huerta del Rey, donde a la sombra de una azuda hallaron muchos aguadores, cuyos asnos pacían en un prado que allí cerca estaba. Mostró el vendedor su asno, tal que le hinchó el ojo al Asturiano, y de todos los que allí estaban fue alabado el asno de fuerte, de caminador y comedor sobremanera. Hicieron su concierto, y, sin otra seguridad ni información, siendo corredores y medianeros los demás aguadores, dio 16 ducados por el asno, con todos los adherentes del oficio.

Hizo la paga real en escudos de oro. Diéronle el parabién de la compra y de la entrada en el oficio, y certificáronle que había comprado un asno dichosísimo, porque el dueño que le dejaba, sin que se le mancase ni matase, había ganado con él en menos tiempo de un año, después de haberse sustentado a él y al asno honradamente, dos pares de vestidos y más aquellos 16 ducados, con que pensaba volver a su tierra, donde le tenían concertado un casamiento con una media parienta suya.

Amén de los corredores del asno, estaban otros cuatro aguadores jugando a la primera, tendidos en el suelo, sirviéndoles de bufete la tierra y de sobremesa sus capas. Púsose el Asturiano a mirarlos y vio que no jugaban como aguadores, sino como arcedianos, porque tenía de resto cada uno más de 100 reales en cuartos y en plata. Llegó una mano de echar todos el resto, y si uno no diera partido a otro, él hiciera mesa gallega. Finalmente, a los dos en aquel resto se les acabó el dinero y se levantaron; viendo lo cual el vendedor del asno, dijo que si hubiera cuarto, que él jugara, porque era enemigo de jugar en tercio. El Asturiano, que era de propiedad del azúcar, que jamás gastó menestra, como dice el italiano, dijo que él haría cuarto. Sentáronse luego, anduvo la cosa de buena manera; y, queriendo jugar antes el dinero que el tiempo, en poco rato perdió Lope 6 escudos que tenía; y, viéndose sin blanca, dijo que si le querían jugar el asno, que él le jugaría. Aceptáronle el envite, e hizo de resto un cuarto del asno, diciendo que por cuartos quería jugarle. Díjole tan mal, que en cuatro restos consecutivamente perdió los cuatro cuartos del asno, y ganóselos el mismo que se le había vendido; y, levantándose para volverse a entregarse en él, dijo el Asturiano que advirtiesen que él solamente había jugado los cuatro cuartos del asno, pero la cola, que se la diesen y se le llevasen norabuena.

Causóles risa a todos la demanda de la cola, y hubo letrados que fueron de parecer que no tenía razón en lo que pedía, diciendo que cuando se vende un carnero u otra res alguna no se saca ni quita la cola, que con uno de los cuartos traseros ha de ir forzosamente. A lo cual replicó Lope que los carneros de Berbería ordinariamente tienen cinco cuartos, y que el quinto es de la cola; y, cuando los tales carneros se cuartean, tanto vale la cola como cualquier cuarto; y que a lo de ir la cola junto con la res que se vende viva y no se cuartea, que lo concedía; pero que la suya no fue vendida, sino jugada, y que nunca su intención fue jugar la cola, y que al punto se la volviesen luego con todo lo a ella anejo y concerniente, que era desde la punta del celebro, contada la osamenta del espinazo, donde ella tomaba principio y descendía, hasta parar en los últimos pelos della.

—Dadme vos —dijo uno— que ello sea así como decís y que os la den como la pedís, y sentaos junto a lo que del asno queda.

—¡Pues así es! —replicó Lope—, venga mi cola; si no, por Dios que no me lleven el asno si bien viniesen por él cuantos aguadores hay en el mundo; y no piensen que por ser tantos los que aquí están me han de hacer superchería, porque soy yo un hombre que me sabré llegar a otro hombre y meterle dos palmos de daga por las tripas sin que sepa de quién, por dónde o cómo le vino; y más, que no quiero que me paguen la cola rata por cantidad, sino que quiero que me la den en ser y la corten del asno como tengo dicho.

Al gananciosco y a los demás les pareció no ser bien llevar aquel negocio por fuerza, porque juzgaron ser de tal brío el Asturiano, que no consentiría que se la hiciesen; el cual, como estaba hecho al trato de las almadrabas, donde se ejercita todo género de rumbo y jácara y de extraordinarios juramentos y boatos, voleó allí el capelo y empuñó un puñal que debajo del capotillo traía, y púsose en tal postura, que infundió temor y respeto en toda aquella aguadora compañía. Finalmente, uno dellos, que parecía de más razón y discurso, los concertó en que se echase la cola contra un cuarto del asno a una quínola o a dos y pasante. Fueron contentos, ganó la quínola Lope; picóse el otro, echó el otro cuarto, y a otras tres manos quedó sin asno. Quiso jugar el dinero; no quería Lope, pero tanto le porfiaron todos, que lo hubo de hacer, con que hizo el viaje del desposado, dejándole sin un solo maravedí; y fue tanta la pesadumbre que desto recibió el perdidoso, que se arrojó en el suelo y comenzó a darse de calabazadas por la tierra. Lope, como bien nacido y como liberal y compasivo, le levantó y le volvió todo el dinero que le había ganado y los 16 ducados del asno, y aun de los que él tenía repartió con los circunstantes, cuya extraña liberalidad pasmó a todos; y si fueran los tiempos y las ocasiones del Tamorlán, le alzaran por rey de los aguadores.

Con grande acompañamiento volvió Lope a la ciudad, donde contó a Tomás lo sucedido, y Tomás asimismo le dio cuenta de sus buenos sucesos. No quedó taberna, ni bodegón, ni junta de pícaros donde no se supiese el juego del asno, el esquite por la cola y el brío y la liberalidad del Asturiano. Pero, como la mala bestia del vulgo, por la mayor parte, es mala, maldita y maldiciente, no tomó de memoria la liberalidad, brío y buenas partes del gran Lope, sino solamente la cola. Y así, apenas hubo andado dos días por la ciudad echando agua, cuando se vio señalar de muchos con el dedo, que decían: «Este es el aguador de la cola». Estuvieron los muchachos atentos, supieron el caso; y, no había asomado Lope por la entrada de cualquiera calle, cuando por toda ella le gritaban, quién de aquí y quién de allí: «¡Asturiano, daca la cola! ¡Daca la cola, Asturiano!». Lope, que se vio asaetear de tantas lenguas y con tantas voces, dio en callar, creyendo que en su mucho silencio se anegara tanta insolencia. Mas ni por ésas, pues mientras más callaba, más los muchachos gritaban; y así, probó a mudar su paciencia en cólera, y apeándose del asno dio a palos tras los muchachos, que fue afinar el polvorín y ponerle fuego, y fue otro cortar las cabezas de la serpiente, pues en lugar de una que quitaba, apaleando a algún muchacho, nacían en el mismo instante, no otras siete, sino setecientas, que con mayor ahínco y menudeo le pedían la cola. Finalmente, tuvo por bien de retirarse a una posada que había tomado fuera de la de su compañero, por huir de la Argüello, y de estarse en ella hasta que la influencia de aquel mal planeta pasase, y se borrase de la memoria de los muchachos aquella demanda mala de la cola que le pedían.

Seis días se pasaron sin que saliese de casa, si no era de noche, que iba a ver a Tomás y a preguntarle del estado en que se hallaba; el cual le contó que, después que había dado el papel a Costanza, nunca más había podido hablarla una sola palabra; y que le parecía que andaba más recatada que solía, puesto que una vez tuvo lugar de llegar a hablarla, y, viéndolo ella, le había dicho antes que llegase: «Tomás, no me duele nada; y así, ni tengo necesidad de tus palabras ni de tus oraciones: conténtate que no te acuso a la Inquisición, y no te canses»; pero que estas razones las dijo sin mostrar ira en los ojos ni otro desabrimiento que pudiera dar indicio de reguridad alguna. Lope le contó a él la prisa que le daban los muchachos, pidiéndole la cola porque él había pedido la de su asno, con que hizo el famoso esquite. Aconsejóle Tomás que no saliese de casa, a lo menos sobre el asno, y que si saliese, fuese por calles solas y apartadas; y que, cuando esto no bastase, bastaría dejar el oficio, último remedio de poner fin a tan poco honesta demanda. Preguntóle Lope si había acudido más la Gallega. Tomás dijo que no, pero que no dejaba de sobornarle la voluntad con regalos y presentes de lo que hurtaba en la cocina a los huéspedes. Retiróse con esto a su posada Lope, con determinación de no salir della en otros seis días, a lo menos con el asno.

Las once serían de la noche cuando, de improviso y sin pensarlo, vieron entrar en la posada muchas varas de justicia, y al cabo el corregidor. Alborotóse el huésped y aun los huéspedes; porque, así como los cometas cuando se muestran siempre causan temores de desgracias e infortunios, ni más ni menos la justicia, cuando de repente y de tropel se entra en una casa, sobresalta y atemoriza hasta las conciencias no culpadas. Entróse el corregidor en una sala y llamó al huésped de casa, el cual vino temblando a ver lo que el señor corregidor quería. Y, así como le vio el corregidor, le preguntó con mucha gravedad:

—¿Sois vos el huésped?

—Sí señor —respondió él—, para lo que vuesa merced me quisiere mandar.

Mandó el corregidor que saliesen de la sala todos los que en ella estaban, y que le dejasen solo con el huésped. Hiciéronlo así; y, quedándose solos, dijo el corregidor al huésped:

—Huésped, ¿qué gente de servicio tenéis en esta vuestra posada?

—Señor —respondió él—, tengo dos mozas gallegas, y una ama y un mozo que tiene cuenta con dar la cebada y paja.

—¿No más? —replicó el corregidor.

—No señor —respondió el huésped.

—Pues decidme, huésped —dijo el corregidor—, ¿dónde está una muchacha que dicen que sirve en esta casa, tan hermosa que por toda la ciudad la llaman la ilustre fregona; y aun me han llegado a decir que mi hijo don Periquito es su enamorado, y que no hay noche que no le da músicas?

—Señor —respondió el huésped—, esa fregona ilustre que dicen es verdad que está en esta casa, pero ni es mi criada ni deja de serlo.

—No entiendo lo que decís, huésped, en eso de ser y no ser vuestra criada la fregona.

—Yo he dicho bien —añadió el huésped—; y si vuesa merced me da licencia, le diré lo que hay en esto, lo cual jamás he dicho a persona alguna.

—Primero quiero ver a la fregona que saber otra cosa; llamadla acá —dijo el corregidor.

Asomóse el huésped a la puerta de la sala y dijo:

—¡Oíslo, señora: haced que entre aquí Costancica!

Cuando la huésped oyó que el corregidor llamaba a Costanza, turbóse y comenzó a torcerse las manos, diciendo:

—¡Ay desdichada de mí! ¡El corregidor a Costanza y a solas! Algún gran mal debe de haber sucedido, que la hermosura desta muchacha trae encantados los hombres.

Costanza, que lo oía, dijo:

—Señora, no se congoje, que yo iré a ver lo que el señor corregidor quiere; y si algún mal hubiere sucedido, esté segura vuesa merced que no tendré yo la culpa.

Y, en esto, sin aguardar que otra vez la llamasen, tomó una vela encendida sobre un candelero de plata, y, con más vergüenza que temor, fue donde el corregidor estaba.

Así como el corregidor la vio, mandó al huésped que cerrase la puerta de la sala; lo cual hecho, el corregidor se levantó, y, tomando el candelero que Costanza traía, llegándole la luz al rostro, la anduvo mirando toda de arriba abajo; y, como Costanza estaba con sobresalto, habíasele encendido la color del rostro, y estaba tan hermosa y tan honesta, que al corregidor le pareció que estaba mirando la hermosura de un ángel en la tierra; y, después de haberla bien mirado, dijo:

—Huésped, ésta no es joya para estar en el bajo engaste de un mesón; desde aquí digo que mi hijo Periquito es discreto, pues tan bien ha sabido emplear sus pensamientos. Digo, doncella, que no solamente os pueden y deben llamar ilustre, sino ilustrísima; pero estos títulos no habían de caer sobre el nombre de fregona, sino sobre el de una duquesa.

—No es fregona, señor —dijo el huésped—, que no sirve de otra cosa en casa que de traer las llaves de la plata, que por la bondad de Dios tengo alguna, con que se sirven los huéspedes honrados que a esta posada vienen.

—Con todo eso —dijo el corregidor—, digo, huésped, que ni es decente ni conviene que esta doncella esté en un mesón. ¿Es parienta vuestra, por ventura?

—Ni es mi parienta ni es mi criada; y si vuesa merced gustare de saber quién es, como ella no esté delante, oirá vuesa merced cosas que, juntamente con darle gusto, le admiren.

—Sí gustaré —dijo el corregidor—; y sálgase Costancica allá fuera, y prométase de mí lo que de su mismo padre pudiera prometerse; que su mucha honestidad y hermosura obligan a que todos los que la vieren se ofrezcan a su servicio.

No respondió palabra Costanza, sino con mucha mesura hizo una profunda reverencia al corregidor y salióse de la sala; y halló a su ama desalada esperándola, para saber della qué era lo que el corregidor la quería. Ella le contó lo que había pasado, y cómo su señor quedaba con él para contalle no sé qué cosas que no quería que ella las oyese. No acabó de sosegarse la huéspeda, y siempre estuvo rezando hasta que se fue el corregidor y vio salir libre a su marido; el cual, en tanto que estuvo con el corregidor, le dijo:

—Hoy hacen, señor, según mi cuenta, quince años, un mes y cuatro días que llegó a esta posada una señora en hábito de peregrina, en una litera, acompañada de cuatro criados a de caballo y de dos dueñas y una doncella, que en un coche venían. Traía asimismo dos acémilas cubiertas con dos ricos reposteros, y cargadas con una rica cama y con aderezos de cocina. Finalmente, el aparato era principal y la peregrina representaba ser una gran señora; y, aunque en la edad mostraba ser de cuarenta o pocos más años, no por eso dejaba de parecer hermosa en todo extremo. Venía enferma y descolorida, y tan fatigada que mandó que luego luego le hiciesen la cama, y en esta misma sala se la hicieron sus criados. Preguntáronme cuál era el médico de más fama desta ciudad. Díjeles que el doctor de la Fuente. Fueron luego por él, y él vino luego; comunicó a solas con él su enfermedad; y lo que de su plática resultó fue que mandó el médico que se le hiciese la cama en otra parte y en lugar donde no le diesen ningún ruido. Al momento la mudaron a otro aposento que está aquí arriba apartado, y con la comodidad que el doctor pedía. Ninguno de los criados entraban donde su señora, y solas las dos dueñas y la doncella la servían. Yo y mi mujer preguntamos a los criados quién era la tal señora y cómo se llamaba, de adónde venía y adónde iba; si era casada, viuda o doncella, y por qué causa se vestía aquel hábito de peregrina. A todas estas preguntas, que le hicimos una y muchas veces, no hubo alguno que nos respondiese otra cosa sino que aquella peregrina era una señora principal y rica de Castilla la Vieja, y que era viuda y que no tenía hijos que la heredasen; y que, porque había algunos meses que estaba enferma de hidropesía, había ofrecido de ir a Nuestra Señora de Guadalupe en romería, por la cual promesa iba en aquel hábito. En cuanto a decir su nombre, traían orden de no llamarla sino la señora peregrina. Esto supimos por entonces; pero a cabo de tres días que, por enferma, la señora peregrina se estaba en casa, una de las dueñas nos llamó a mí y a mi mujer de su parte; fuimos a ver lo que quería, y, a puerta cerrada y delante de sus criadas, casi con lágrimas en los ojos, nos dijo, creo que estas mismas razones: «Señores míos, los cielos me son testigos que sin culpa mía me hallo en el riguroso trance que ahora os diré. Yo estoy preñada, y tan cerca del parto, que ya los dolores me van apretando. Ninguno de los criados que vienen conmigo saben mi necesidad ni desgracia; a estas mis mujeres ni he podido ni he querido encubrírselo. Por huir de los maliciosos ojos de mi tierra, y porque esta hora no me tomase en ella, hice voto de ir a Nuestra Señora de Guadalupe; ella debe de haber sido servida que en esta vuestra casa me tome el parto; a vosotros está ahora el remediarme y acudirme, con el secreto que merece la que su honra pone en vuestras manos. La paga de la merced que me hiciéredes, que así quiero llamarla, si no respondiere al gran beneficio que espero, responderá, a lo menos, a dar muestra de una voluntad muy agradecida; y quiero que comiencen a dar muestras de mi voluntad estos 200 escudos de oro que van en este bolsillo». Y, sacando debajo de la almohada de la cama un bolsillo de aguja, de oro y verde, se le puso en las manos de mi mujer; la cual, como simple y sin mirar lo que hacía, porque estaba suspensa y colgada de la peregrina, tomó el bolsillo, sin responderle palabra de agradecimiento ni de comedimiento alguno. Yo me acuerdo que le dije que no era menester nada de aquello: que no éramos personas que por interés, más que por caridad, nos movíamos a hacer bien cuando se ofrecía. Ella prosiguió, diciendo: «Es menester, amigos, que busquéis donde llevar lo que pariere luego luego, buscando también mentiras que decir a quien lo entregáredes; que por ahora será en la ciudad, y después quiero que se lleve a una aldea. De lo que después se hubiere de hacer, siendo Dios servido de alumbrarme y de llevarme a cumplir mi voto, cuando de Guadalupe vuelva lo sabréis, porque el tiempo me habrá dado lugar de que piense y escoja lo mejor que me convenga. Partera no la he menester, ni la quiero: que otros partos más honrados que he tenido me aseguran que, con sola la ayuda destas mis criadas, facilitaré sus dificultades y ahorraré de un testigo más de mis sucesos».

Aquí dio fin a su razonamiento la lastimada peregrina y principio a un copioso llanto, que en parte fue consolado por las muchas y buenas razones que mi mujer, ya vuelta en más acuerdo, le dijo. Finalmente, yo salí luego a buscar donde llevar lo que pariese, a cualquier hora que fuese; y, entre las doce y la una de aquella misma noche, cuando toda la gente de casa estaba entregada al sueño, la buena señora parió una niña, la más hermosa que mis ojos hasta entonces habían visto, que es esta misma que vuesa merced acaba de ver ahora. Ni la madre se quejó en el parto ni la hija nació llorando: en todos había sosiego y silencio maravilloso, y tal cual convenía para el secreto de aquel extraño caso. Otros seis días estuvo en la cama, y en todos ellos venía el médico a visitarla, pero no porque ella le hubiese declarado de qué procedía su mal; y las medicinas que le ordenaba nunca las puso en ejecución, porque sólo pretendió engañar a sus criados con la visita del médico. Todo esto me dijo ella misma, después que se vio fuera de peligro, y a los ochos días se levantó con el mismo bulto, o con otro que se parecía a aquel con que se había echado.

Fue a su romería y volvió de allí a veinte días, ya casi sana, porque poco a poco se iba quitando del artificio con que después de parida se mostraba hidrópica. Cuando volvió, estaba ya la niña dada a criar por mi orden, con nombre de mi sobrina, en una aldea dos leguas de aquí. En el bautismo se le puso por nombre Costanza, que así lo dejó ordenado su madre; la cual, contenta de lo que yo había hecho, al tiempo de despedirse me dio una cadena de oro, que hasta ahora tengo, de la cual quitó seis trozos, los cuales dijo que traería la persona que por la niña viniese. También cortó un blanco pergamino a vueltas y a ondas, a la traza y manera como cuando se enclavijan las manos y en los dedos se escribiese alguna cosa, que estando enclavijados los dedos se puede leer, y después de apartadas las manos queda dividida la razón, porque se dividen las letras; que, en volviendo a enclavijar los dedos, se juntan y corresponden de manera que se pueden leer continuadamente: digo que el un pergamino sirve de alma del otro, y encajados se leerán, y divididos no es posible, si no es adivinando la mitad del pergamino; y casi toda la cadena quedó en mi poder, y todo lo tengo, esperando el contraseño hasta ahora, puesto que ella me dijo que dentro de dos años enviaría por su hija, encargándome que la criase no como quien ella era, sino del modo que se suele criar una labradora. Encargóme también que si por algún suceso no le fuese posible enviar tan presto por su hija, que, aunque creciese y llegase a tener entendimiento, no la dijese del modo que había nacido, y que la perdonase el no decirme su nombre ni quién era, que lo guardaba para otra ocasión más importante. En resolución, dándome otros 400 escudos de oro y abrazando a mi mujer con tiernas lágrimas, se partió, dejándonos admirados de su discreción, valor, hermosura y recato.

Costanza se crió en el aldea dos años, y luego la traje conmigo, y siempre la he traído en hábito de labradora, como su madre me lo dejó mandado. Quince años, un mes y cuatro días ha que aguardo a quien ha de venir por ella, y la mucha tardanza me ha consumido la esperanza de ver esta venida; y si en este año en que estamos no vienen, tengo determinado de prohijalla y darle toda mi hacienda, que vale más de 6.000 ducados, Dios sea bendito.

Resta ahora, señor corregidor, decir a vuesa merced, si es posible que yo sepa decirlas, las bondades y las virtudes de Costancica. Ella, lo primero y principal, es devotísima de Nuestra Señora: confiesa y comulga cada mes; sabe escribir y leer; no hay mayor randera en Toledo; canta a la almohadilla como unos ángeles; en ser honesta no hay quien la iguale. Pues en lo que toca a ser hermosa, ya vuesa merced lo ha visto. El señor don Pedro, hijo de vuesa merced, en su vida la ha hablado; bien es verdad que de cuando en cuando le da alguna música, que ella jamás escucha. Muchos señores, y de título, han posado en esta posada, y aposta, por hartarse de verla, han detenido su camino muchos días; pero yo sé bien que no habrá ninguno que con verdad se pueda alabar que ella le haya dado lugar de decirle una palabra sola ni acompañada. Esta es, señor, la verdadera historia de la ilustre fregona, que no friega, en la cual no he salido de la verdad un punto.

Calló el huésped y tardó un gran rato el corregidor en hablarle: tan suspenso le tenía el suceso que el huésped le había contado. En fin, le dijo que le trajese allí la cadena y el pergamino, que quería verlo. Fue el huésped por ello, y, trayéndoselo, vio que era así como le había dicho; la cadena era de trozos, curiosamente labrada; en el pergamino estaban escritas, una debajo de otra, en el espacio que había de hinchir el vacío de la otra mitad, estas letras: E T E L S N V D D R; por las cuales letras vio ser forzoso que se juntasen con las de la mitad del otro pergamino para poder ser entendidas. Tuvo por discreta la señal del conocimiento, y juzgó por muy rica a la señora peregrina que tal cadena había dejado al huésped; y, teniendo en pensamiento de sacar de aquella posada la hermosa muchacha cuando hubiese concertado un monasterio donde llevarla, por entonces se contentó de llevar sólo el pergamino, encargando al huésped que si acaso viniesen por Costanza, le avisase y diese noticia de quién era el que por ella venía, antes que le mostrase la cadena, que dejaba en su poder. Con esto se fue tan admirado del cuento y suceso de la ilustre fregona como de su incomparable hermosura.

Todo el tiempo que gastó el huésped en estar con el corregidor, y el que ocupó Costanza cuando la llamaron, estuvo Tomás fuera de sí, combatida el alma de mil varios pensamientos, sin acertar jamás con ninguno de su gusto; pero cuando vio que el corregidor se iba y que Costanza se quedaba, respiró su espíritu y volviéronle los pulsos, que ya casi desamparado le tenían. No osó preguntar al huésped lo que el corregidor quería, ni el huésped lo dijo a nadie sino a su mujer, con que ella también volvió en sí, dando gracias a Dios que de tan grande sobresalto la había librado.

El día siguiente, cerca de la una, entraron en la posada, con cuatro hombres de a caballo, dos caballeros ancianos de venerables presencias, habiendo primero preguntado uno de dos mozos que a pie con ellos venían si era aquélla la posada del Sevillano; y, habiéndole respondido que sí, se entraron todos en ella. Apeáronse los cuatro y fueron a apear a los dos ancianos: señal por do se conoció que aquellos dos eran señores de los seis. Salió Costanza con su acostumbrada gentileza a ver los nuevos huéspedes, y, apenas la hubo visto uno de los dos ancianos, cuando dijo al otro:

—Yo creo, señor don Juan, que hemos hallado todo aquello que venimos a buscar.

Tomás, que acudió a dar recado a las cabalgaduras, conoció luego a dos criados de su padre, y luego conoció a su padre y al padre de Carriazo, que eran los dos ancianos a quien los demás respetaban; y, aunque se admiró de su venida, consideró que debían de ir a buscar a él y a Carriazo a las almadrabas: que no habría faltado quien les hubiese dicho que en ellas, y no en Flandes, los hallarían. Pero no se atrevió a dejarse conocer en aquel traje; antes, aventurándolo todo, puesta la mano en el rostro, pasó por delante dellos, y fue a buscar a Costanza, y quiso la buena suerte que la hallase sola; y, aprisa y con lengua turbada, temeroso que ella no le daría lugar para decirle nada, le dijo:

—Costanza, uno destos dos caballeros ancianos que aquí han llegado ahora es mi padre, que es aquel que oyeres llamar don Juan de Avendaño; infórmate de sus criados si tiene un hijo que se llama don Tomás de Avendaño, que soy yo, y de aquí podrás ir coligiendo y averiguando que te he dicho verdad en cuanto a la calidad de mi persona, y que te la diré en cuanto de mi parte te tengo ofrecido; y quédate a Dios, que hasta que ellos se vayan no pienso volver a esta casa.

No le respondió nada Costanza, ni él aguardó a que le respondiese; sino, volviéndose a salir, cubierto como había entrado, se fue a dar cuenta a Carriazo de cómo sus padres estaban en la posada. Dio voces el huésped a Tomás que viniese a dar cebada; pero, como no pareció, diola él mismo. Uno de los dos ancianos llamó aparte a una de las dos mozas gallegas, y preguntóle cómo se llamaba aquella muchacha hermosa que habían visto, y que si era hija o parienta del huésped o huéspeda de casa. La Gallega le respondió:

—La moza se llama Costanza; ni es parienta del huésped ni de la huéspeda, ni sé lo que es; sólo digo que la doy a la mala landre, que no sé qué tiene que no deja hacer baza a ninguna de las mozas que estamos en esta casa. ¡Pues en verdad que tenemos nuestras faciones como Dios nos las puso! No entra huésped que no pregunte luego quién es la hermosa, y que no diga: «Bonita es, bien parece, a fe que no es mala; mal año para las más pintadas; nunca peor me la depare la fortuna». Y a nosotras no hay quien nos diga: «¿Qué tenéis ahí, diablos, o mujeres, o lo que sois?».

—Luego esta niña, a esa cuenta —replicó el caballero—, debe de dejarse manosear y requebrar de los huéspedes.

—¡Sí! —respondió la Gallega—: ¡tenedle el pie al herrar! ¡Bonita es la niña para eso! Par Dios, señor, si ella se dejara mirar siquiera, manara en oro; es más áspera que un erizo; es una tragaavemarías; labrando está todo el día y rezando. Para el día que ha de hacer milagros quisiera yo tener un cuento de renta. Mi ama dice que trae un silencio pegado a las carnes; ¡tome qué, mi padre!

Contentísimo el caballero de lo que había oído a la Gallega, sin esperar a que le quitasen las espuelas, llamó al huésped; y, retirándose con él aparte en una sala, le dijo:

—Yo, señor huésped, vengo a quitaros una prenda mía que ha algunos años que tenéis en vuestro poder; para quitárosla os traigo 1.000 escudos de oro, y estos trozos de cadena y este pergamino.

Y, diciendo esto, sacó los seis de la señal de la cadena que él tenía.

Asimismo conoció el pergamino, y, alegre sobremanera con el ofrecimiento de los 1.000 escudos, respondió:

—Señor, la prenda que queréis quitar está en casa; pero no están en ella la cadena ni el pergamino con que se ha de hacer la prueba de la verdad que yo creo que vuesa merced trata; y así, le suplico tenga paciencia, que yo vuelvo luego.

Y al momento fue a avisar al corregidor de lo que pasaba, y de cómo estaban dos caballeros en su posada que venían por Costanza.

Acababa de comer el corregidor, y, con el deseo que tenía de ver el fin de aquella historia, subió luego a caballo y vino a la posada del Sevillano, llevando consigo el pergamino de la muestra. Y, apenas hubo visto a los dos caballeros cuando, abiertos los brazos, fue a abrazar al uno, diciendo:

—¡Válame Dios! ¿Qué buena venida es ésta, señor don Juan de Avendaño, primo y señor mío?

El caballero le abrazó asimismo, diciéndole:

—Sin duda, señor primo, habrá sido buena mi venida, pues os veo, y con la salud que siempre os deseo. Abrazad, primo, a este caballero, que es el señor don Diego de Carriazo, gran señor y amigo mío.

—Ya conozco al señor don Diego —respondió el corregidor—, y le soy muy servidor.

Y, abrazándose los dos, después de haberse recibido con grande amor y grandes cortesías, se entraron en una sala, donde se quedaron solos con el huésped, el cual ya tenía consigo la cadena, y dijo:

—Ya el señor corregidor sabe a lo que vuesa merced viene, señor don Diego de Carriazo; vuesa merced saque los trozos que faltan a esta cadena, y el señor corregidor sacará el pergamino que está en su poder, y hagamos la prueba que ha tantos años que espero a que se haga.

—Desa manera —respondió don Diego—, no habrá necesidad de dar cuenta de nuevo al señor corregidor de nuestra venida, pues bien se verá que ha sido a lo que vos, señor huésped, habréis dicho.

—Algo me ha dicho; pero mucho me quedó por saber. El pergamino, hele aquí.

Sacó don Diego el otro, y juntando las dos partes se hicieron una, y a las letras del que tenía el huésped, que, como se ha dicho, eran E T E L S N V D D R, respondían en el otro pergamino éstas: S A S A E AL ER A E A, que todas juntas decían: ESTA ES LA SEÑAL VERDADERA. Cotejáronse luego los trozos de la cadena y hallaron ser las señas verdaderas.

—¡Esto está hecho! —dijo el corregidor—, resta ahora saber, si es posible, quién son los padres desta hermosísima prenda.

—El padre —respondió don Diego— yo lo soy; la madre ya no vive: basta saber que fue tan principal que pudiera yo ser su criado. Y, porque como se encubre su nombre no se encubra su fama, ni se culpe lo que en ella parece manifiesto error y culpa conocida, se ha de saber que la madre desta prenda, siendo viuda de un gran caballero, se retiró a vivir a una aldea suya; y allí, con recato y con honestidad grandísima, pasaba con sus criados y vasallos una vida sosegada y quieta. Ordenó la suerte que un día, yendo yo a caza por el término de su lugar, quise visitarla, y era la hora de siesta cuando llegué a su alcázar: que así se puede llamar su gran casa; dejé el caballo a un criado mío; subí sin topar a nadie hasta el mismo aposento donde ella estaba durmiendo la siesta sobre un estrado negro. Era por extremo hermosa, y el silencio, la soledad, la ocasión, despertaron en mí un deseo más atrevido que honesto; y, sin ponerme a hacer discretos discursos, cerré tras mí la puerta, y, lle-gándome a ella, la desperté; y, teniéndola asida fuertemente, le dije: «Vuesa merced, señora mía, no grite, que las voces que diere serán pregoneras de su deshonra: nadie me ha visto entrar en este aposento; que mi suerte, para que la tenga bonísima en gozaros, ha llovido sueño en todos vuestros criados, y cuando ellos acudan a vuestras voces no podrán más que quitarme la vida, y esto ha de ser en vuestro mismos brazos, y no por mi muerte dejará de quedar en opinión vuestra fama». Finalmente, yo la gocé contra su voluntad y a pura fuerza mía: ella, cansada, rendida y turbada, o no pudo o no quiso hablarme palabra, y yo, dejándola como atontada y suspensa, me volví a salir por los mismos pasos donde había entrado, y me vine a la aldea de otro amigo mío, que estaba dos leguas de la suya. Esta señora se mudó de aquel lugar a otro, y, sin que yo jamás la viese, ni lo procurase, se pasaron dos años, al cabo de los cuales supe que era muerta; y podrá haber veinte días que, con grandes encarecimientos, escribiéndome que era cosa que me importaba en ella el contento y la honra, me envió a llamar un mayordomo desta señora. Fui a ver lo que me quería, bien lejos de pensar en lo que me dijo; halléle a punto de muerte, y, por abreviar razones, en muy breves me dijo cómo al tiempo que murió su señora le dijo todo lo que conmigo le había sucedido, y cómo había quedado preñada de aquella fuerza; y que, por encubrir el bulto, había venido en romería a Nuestra Señora de Guadalupe, y cómo había parido en esta casa una niña, que se había de llamar Costanza. Diome las señas con que la hallaría, que fueron las que habéis visto de la cadena y pergamino. Y diome asimismo 30.000 escudos de oro, que su señora dejó para casar a su hija. Díjome asimismo que el no habérmelos dado luego, como su señora había muerto, ni declarádome lo que ella encomendó a su confianza y secreto, había sido por pura codicia y por poderse aprovechar de aquel dinero; pero que ya que estaba a punto de ir a dar cuenta a Dios, por descargo de su conciencia me daba el dinero y me avisaba adónde y cómo había de hallar mi hija. Recibí el dinero y las señales, y, dando cuenta desto al señor don Juan de Avendaño, nos pusimos en camino desta ciudad.

A estas razones llegaba don Diego, cuando oyeron que en la puerta de la calle decían a grandes voces:

—Díganle a Tomás Pedro, el mozo de la cebada, cómo llevan a su amigo el Asturiano preso; que acuda a la cárcel, que allí le espera.

A la voz de cárcel y de preso, dijo el corregidor que entrase el preso y el alguacil que le llevaba. Dijeron al alguacil que el corregidor, que estaba allí, le mandaba entrar con el preso; y así lo hubo de hacer.

Venía el Asturiano todos los dientes bañados en sangre, y muy malparado y muy bien asido del alguacil; y, así como entró en la sala, conoció a su padre y al de Avendaño. Turbóse, y, por no ser conocido, con un paño, como que se limpiaba la sangre, se cubrió el rostro. Preguntó el corregidor que qué había hecho aquel mozo, que tan malparado le llevaban. Respondió el alguacil que aquel mozo era un aguador que le llamaban el Asturiano, a quien los muchachos por las calles decían: «¡Daca la cola, Asturiano: daca la cola!»; y luego, en breves palabras, contó la causa porque le pedían la tal cola, de que no riyeron poco todos. Dijo más: que, saliendo por la puente de Alcántara, dándole los muchachos prisa con la demanda de la cola, se había apeado del asno, y, dando tras todos, alcanzó a uno, a quien dejaba medio muerto a palos; y que, queriéndole prender, se había resistido, y que por eso iba tan malparado.

Mandó el corregidor que se descubriese el rostro; y, porfiando a no querer descubrirse, llegó el alguacil y quitóle el pañuelo, y al punto le conoció su padre, y dijo todo alterado:

—Hijo don Diego, ¿cómo estás desta manera? ¿Qué traje es éste? ¿Aún no se te han olvidado tus picardías?

Hincó las rodillas Carriazo y fuese a poner a los pies de su padre, que, con lágrimas en los ojos, le tuvo abrazado un buen espacio. Don Juan de Avendaño, como sabía que don Diego había venido con don Tomás, su hijo, preguntóle por él, a lo cual respondió que don Tomás de Avendaño era el mozo que daba cebada y paja en aquella posada. Con esto que el Asturiano dijo se acabó de apoderar la admiración en todos los presentes, y mandó el corregidor al huésped que trajese allí al mozo de la cebada.

—Yo creo que no está en casa —respondió el huésped—, pero yo le buscaré. Y así, fue a buscalle.

Preguntó don Diego a Carriazo que qué transformaciones eran aquéllas, y qué les había movido a ser él aguador y don Tomás mozo de mesón. A lo cual respondió Carriazo que no podía satisfacer a aquellas preguntas tan en público; que él respondería a solas.

Estaba Tomás Pedro escondido en su aposento, para ver desde allí, sin ser visto, lo que hacían su padre y el de Carriazo. Teníale suspenso la venida del corregidor y el alboroto que en toda la casa andaba. No faltó quien le dijese al huésped como estaba allí escondido; subió por él, y más por fuerza que por grado le hizo bajar; y aun no bajara si el mismo corregidor no saliera al patio y le llamara por su nombre, diciendo:

—Baje vuesa merced, señor pariente, que aquí no le aguardan osos ni leones.

Bajó Tomás, y, con los ojos bajos y sumisión grande, se hincó de rodillas ante su padre, el cual le abrazó con grandísimo contento, a fuer del que tuvo el padre del Hijo Pródigo cuando le cobró de perdido.

Ya en esto había venido un coche del corregidor, para volver en él, pues la gran fiesta no permitía volver a caballo. Hizo llamar a Costanza, y, tomándola de la mano, se la presentó a su padre, diciendo:

—Recibid, señor don Diego, esta prenda y estimalda por la más rica que acertárades a desear. Y vos, hermosa doncella, besad la mano a vuestro padre y dad gracias a Dios, que con tan honrado suceso ha enmedado, subido y mejorado la bajeza de vuestro estado.

Costanza, que no sabía ni imaginaba lo que le había acontecido, toda turbada y temblando, no supo hacer otra cosa que hincarse de rodillas ante su padre; y, tomándole las manos, se las comenzó a besar tiernamente, bañándoselas con infinitas lágrimas que por sus hermosísimos ojos derramaba.

En tanto que esto pasaba, había persuadido el corregidor a su primo don Juan que se viniesen todos con él a su casa; y, aunque don Juan lo rehusaba, fueron tantas las persuasiones del corregidor, que lo hubo de conceder; y así, entraron en el coche todos. Pero, cuando dijo el corregidor a Costanza que entrase también en el coche, se le anubló el corazón, y ella y la huéspeda se asieron una a otra y comenzaron a hacer tan amargo llanto, que quebraba los corazones de cuantos le escuchaban. Decía la huéspeda:

—¿Cómo es esto, hija de mi corazón, que te vas y me dejas? ¿Cómo tienes ánimo de dejar a esta madre, que con tanto amor te ha criado?

Costanza lloraba y la respondía con no menos tiernas palabras. Pero el corregidor, enternecido, mandó que asimismo la huéspeda entrase en el coche, y que no se apartase de su hija, pues por tal la tenía, hasta que saliese de Toledo.

Así, la huéspeda y todos entraron en el coche, y fueron a casa del corregidor, donde fueron bien recibidos de su mujer, que era una principal señora. Comieron regalada y suntuosamente, y después de comer contó Carriazo a su padre cómo por amores de Costanza don Tomás se había puesto a servir en el mesón, y que estaba enamorado de tal manera della, que, sin que le hubiera descubierto ser tan principal, como era siendo su hija, la tomara por mujer en el estado de fregona. Vistió luego la mujer del corregidor a Costanza con unos vestidos de una hija que tenía de la misma edad y cuerpo de Costanza; y si parecía hermosa con los de labradora, con los cortesanos parecía cosa del cielo: tan bien la cuadraban, que daba a entender que desde que nació había sido señora y usado los mejores trajes que el uso trae consigo.

Pero, entre tantos alegres, no pudo faltar un triste, que fue don Pedro, el hijo del corregidor, que luego se imaginó que Costanza no había de ser suya; y así fue la verdad, porque, entre el corregidor y don Diego de Carriazo y don Juan de Avendaño, se concertaron en que don Tomás se casase con Costanza, dándole su padre los 30.000 escudos que su madre le había dejado, y el aguador don Diego de Carriazo casase con la hija del corregidor, y don Pedro, el hijo del corregidor, con una hija de don Juan de Avendaño; que su padre se ofrecía a traer dispensación del parentesco.

Desta manera quedaron todos contentos, alegres y satisfechos, y la nueva de los casamientos y de la ventura de la fregona ilustre se extendió por la ciudad; y acudía infinita gente a ver a Costanza en el nuevo hábito, en el cual tan señora se mostraba como se ha dicho. Vieron al mozo de la cebada, Tomás Pedro, vuelto en don Tomás de Avendaño y vestido como señor; notaron que Lope Asturiano era muy gentilhombre después que había mudado vestido y dejado el asno y las aguaderas; pero, con todo eso, no faltaba quien, en el medio de su pompa, cuando iba por la calle, no le pidiese la cola.

Un mes se estuvieron en Toledo, al cabo del cual se volvieron a Burgos don Diego de Carriazo y su mujer, su padre, y Costanza con su marido don Tomás, y el hijo del corregidor, que quiso ir a ver su parienta y esposa. Quedó el Sevillano rico con los 1.000 escudos y con muchas joyas que Costanza dio a su señora; que siempre con este nombre llamaba a la que la había criado.

LIBROS A LA CARTA

A la carta es un servicio especializado para

empresas,

librerías,

bibliotecas,

editoriales

y centros de enseñanza;

y permite confeccionar libros que, por su formato y concepción, sirven a los propósitos más específicos de estas instituciones.

Las empresas nos encargan ediciones personalizadas para marketing editorial o para regalos institucionales. Y los interesados solicitan, a título personal, ediciones antiguas, o no disponibles en el mercado; y las acompañan con notas y comentarios críticos.

Las ediciones tienen como apoyo un libro de estilo con todo tipo de referencias sobre los criterios de tratamiento tipográfico aplicados a nuestros libros que puede ser consultado en www.linkgua-digital.com.

Linkgua edita por encargo diferentes versiones de una misma obra con distintos tratamientos ortotipográficos (actualizaciones de carácter divulgativo de un clásico, o versiones estrictamente fieles a la edición original de referencia).

Este servicio de ediciones a la carta le permitirá, si usted se dedica a la enseñanza, tener una forma de hacer pública su interpretación de un texto y, sobre una versión digitalizada «base», usted podrá introducir interpretaciones del texto fuente. Es un tópico que los profesores denuncien en clase los desmanes de una edición, o vayan comentando errores de interpretación de un texto y esta es una solución útil a esa necesidad del mundo académico.

Asimismo publicamos de manera sistemática, en un mismo catálogo, tesis doctorales y actas de congresos académicos, que son distribuidas a través de nuestra Web.

El servicio de «libros a la carta» funciona de dos formas.

1. Tenemos un fondo de libros digitalizados que usted puede personalizar en tiradas de al menos cinco ejemplares. Estas personalizaciones pueden ser de todo tipo: añadir notas de clase para uso de un grupo de estudiantes, introducir logos corporativos para uso con fines de marketing empresarial, etc. etc.

2. Buscamos libros descatalogados de otras editoriales y los reeditamos en tiradas cortas a petición de un cliente.

Made in the USA
Middletown, DE
29 August 2021

47168248R00038